心之罪 克莉絲蒂一生非寫不可的六個愛的故事 2

Agatha Christie

愛的重量

The Burden

阿嘉莎·克莉絲蒂 著　柯清心 譯

遠流出版公司

名家如獲至寶推薦

（依姓名筆畫排序）

吳念真 知名導演、作家

詹宏志 PChome Online 董事長

楊　照 知名作家／評論家／新匯流基金會董事長

鍾文音 知名作家

目錄

名家推薦
（依姓名筆畫排序）

這不是導讀，也不是序，只是一點點閱讀的感觸

——吳念真　知名導演、作家

阿嘉莎．克莉絲蒂的書迷遍及兩、三代數億的人口，而我承認自己只是其中極其平庸的一個。

平庸的證據之一是，每回出國前都不會忘記在隨身行李中塞進一、兩本她的書，但總要在飛機上或旅館中看完幾頁之後才猛然發現：搞什麼，這一本不是多年前就早已看過？

是，依稀看過，但結果是一路讀下來卻依舊樂趣無窮。內容大部分已然遺忘的，讀起來彷彿又是一本新書，內容記得的，則在翻閱書頁的過程中伴隨著起伏的記憶，總會難以避免地想起第一次讀到這個故事時的過往時日，以及當時的點點滴滴，一如

一首老歌在耳邊輕輕響起。

時光飛逝，眨眼間遠流出版公司推出克莉絲蒂的推理全集至今已將近十年，且不說在這之前已陸續讀過這位「謀殺天后」的人，即便對當時才開始接觸克莉絲蒂的讀者來說，想必也無法否認那一個一個的故事也已經都是老歌一首了。

記得推理全集出版的當年許多人都撰文推薦，包括金庸先生。他說：「閱讀她的小說，在謎底沒有揭露前，我會與作者鬥智，這種過程令人非常享受。」這是高手之言。然而對一個單純的讀者來說，詹宏志先生說得準確，令人會心，他說：「整個世界對聽這些故事如此熱情，他們捨不得睡覺，每天問後來還有嗎？還有嗎？永遠不肯離去。」

克莉絲蒂……還有嗎？你是否也曾這樣問過，一如全世界不同世代的許多讀者？

正如金庸先生曾說過的，克莉絲蒂的「佈局巧妙，使人完全意想不到！」她果然還有。

我們無法想像一九三〇年代當阿嘉莎．克莉絲蒂以一系列的推理小說開始扮演類似「《天方夜譚》故事中每天說故事說個不停的王妃薛斐拉柴德」（詹宏志先生的形容）這個角色的同時，她以「瑪麗．魏斯麥珂特」這個筆名在二十幾年中寫下【心之罪】這六部風格完全迥異的小說，並且隱瞞作者真實的身分長達十五年之久。

或許大家都熟悉某些對跨界作家的描述，比如「左手寫小說，右手寫散文」或者「右手寫評論，左手寫詩」，但請原諒，我實在無法對阿嘉莎．克莉絲蒂和瑪麗．魏斯麥珂特這樣的「分身創作」給予一個準確的形容。

總要在讀完瑪麗．魏斯麥珂特這六部小說之後，才約略可以想像：啊，如果阿嘉莎．克莉絲蒂是幕前亮麗的角色，那麼瑪麗．魏斯麥珂特彷彿才是落幕之後她真實的自己。

如果前者是以無比的才華用一個一個精彩的故事取悅自己、迷醉讀者的話，後者則是在離開掌聲和絢爛的燈光之後，冷靜而誠實地挖掘自己內心深處所累積的種種疑惑和祕密，以另一種形式故事跟讀者交心。

這些小說裡不但真實地呈現阿嘉莎．克莉絲蒂童年的記憶以及一次世界大戰中她個人的經歷，甚至自己不圓滿的婚姻以及對家庭、情感的質疑，都能在其中找到蛛絲馬跡。

❖

寫作最難的不是無中生有的虛構，而是最直接的自剖。

自剖對創作者來說有一首歌的歌名正是準確無比的形容：痛並快樂著。

一九四四年克莉絲蒂以瑪麗．魏斯麥珂特的筆名出版了《幸福假面》。

她在自傳中是這樣描述這本書的：「……我寫了一部令自己完全滿意的書（請注意『自己』這兩個字）。……這本書我寫了整整三天……一氣呵成……我從未如此拚命過……我一個字都不想改，雖然我並不清楚書到底如何，但它卻字字誠懇，無一虛言，這是身為作者的至樂。」

看到這樣的描述當下熱淚盈眶，相較於她或許沒有資格定位自己為寫作者，但在某些文字形成的時刻裡，這樣的感覺……我完全都懂。

❖

你將讀到的是瑪麗・魏斯麥珂特——那個真實的阿嘉莎・克莉絲蒂——推心置腹的六部小說。

讀完之後也許你還是會問：還有嗎？

我似乎只能這樣回答你了：虛構可以無窮，真實的人生卻唯獨一回。

「心理驚悚劇」的巨大實驗

——詹宏志 PChome Online董事長

人生的彼此傷害並不限於掠奪與謀殺；人際間的誤解、嫉妒、傲慢、背叛、猜忌，甚至是個人野心或感情的挫折與心碎，也都足以構成暴烈的衝突。

英國「謀殺天后」阿嘉莎．克莉絲蒂當然是編構謀殺情節的高手，但她人情練達，洞悉世情，早就看出人心險峻不限於謀殺，光是家庭裡、情人間的心底波瀾就足以讓任何一個故事驚心動魄，讓你像讀謀殺故事一樣屏息以待，心情跟著七上八下。她在生前曾經以化名瑪麗．魏斯麥珂特寫出這系列堪稱「心理驚悚劇」的巨大實驗，如今這些書回歸阿嘉莎名下，重新出版，不讀它無法全面了解謀殺天后的全貌。

名家導讀

（依姓名筆畫排序）

比克莉絲蒂更貼近克莉絲蒂

——楊照　知名作家／評論家／新匯流基金會董事長

我們所熟悉的推理小說家阿嘉莎・克莉絲蒂曾經藏身在另外一個身分裡，寫了六部很不一樣的小說。

一九三〇年，出版克莉絲蒂推理小說的英國出版社，出版了一本名叫 *Giant's Bread* 的書（中譯《撒旦的情歌》），作者是 Mary Westmacott（瑪麗・魏斯麥珂特）。之後在一九三四年、一九四四年和一九四八年，這位魏斯麥珂特女士又出版了另外三本小說。再過一年，一九四九年，一篇刊登在《泰晤士報》週日版的專欄公開宣告：瑪麗・魏斯麥珂特其實就是克莉絲蒂。克莉絲蒂沒有出面否認這項消息，也就等於承認了。之後，即使大家都已經知道魏斯麥珂特就是克莉絲蒂了，還是有兩本書以這個名字出版，一本在一九五二年，另一本在一九五六年。

為什麼克莉絲蒂要換另外一個名字寫小說？為什麼隱藏真實身分的用意破功了，她還是繼續以魏斯麥珂特的名字寫小說？

最簡單的答案：因為她要寫很不一樣的小說，所以要用不一樣的名字。藏在這個簡單答案底下有稍微複雜些的條件：

第一、因為克莉絲蒂寫的小說風格太鮮明也太成功，儘管到一九三〇年，她不過才累積了十年的小說資歷，卻已經吸引了許多忠實的讀者，在他們心目中，克莉絲蒂的名字就是精彩推理閱讀經驗的保障，克莉絲蒂和出版社都很了解這種狀況，他們不願意、不能冒險——如果讀者衝著克莉絲蒂的名字買了書，回家一看，從第一頁看到最後一頁，卻完全沒看到期待中的任何推理情節，他們將會如何反應？

第二、克莉絲蒂的創作力與創作衝動實在太旺盛了。十年之間，她寫了超過十本推理小說，平均每年至少一本；推理小說不比其他小說，需要有縝密的構思、規劃，照理講是很累人的。但這樣的進度卻沒有累倒克莉絲蒂，她還有餘力想要寫更多的小說，寫不一樣的小說。

❖

如此旺盛的創作力與創作衝動從何而來？或許我們能夠在魏斯麥珂特寫的小說中得到些線索。

第一本以魏斯麥珂特名字發表的小說是《撒旦的情歌》。小說中的男主角在備受保護的環境中長大，自然地抱持著一種天真的人生態度。不過，接踵而來的大事：戰爭與婚姻，讓他迷惑失落了。和他那一代的其他歐洲青年一樣，他們原本對戰爭抱持著一種模糊而浪漫的想像，認為戰爭是打破時代停滯、提供英雄主義表現的舞台。但真實的戰爭，卻是無窮無盡不斷反覆、可怕殘酷的殺戮。

同樣地，真實的婚姻也和他的想像天差地別。婚姻本身無法創造和另一個人之間的親密關係，反而在日日相處中更突出了難以忍受、難以否認的疏離。

儘管他幸運地躲過了戰場上的致命傷害，可是家中卻接到了誤傳的他的死訊。他太太以為他死了，很快就改嫁。在憂鬱迷惑中，他遭遇了一場嚴重車禍，短時間內遺忘了自己究竟是誰。在失去身分的情況下度過一段時間後，他恢復了記憶，記起自己所有的不快樂，於是他決定乾脆放棄原本的人生，和過去切斷了關係，給自己一個新的名字，一份新的職業，變成了一個音樂家。

可以跟大家保證，整部小說裡沒有一點推理的成分。但如果我們對照這段時期中克莉絲蒂自身的遭遇，卻可以很有把握地推理出她寫這部小說的動機。

一九三〇年克莉絲蒂再婚，嫁給了在中東沙漠裡認識的考古探險家。邁向第二次婚姻的過程，想必給了克莉絲蒂足夠勇氣來面對自己失敗的第一次婚姻。她的第一次婚姻，在一九二六年，她三十六歲那年瓦解的。那一年，她母親去世，她必須去處理後事，並整理母親的遺物，她的丈夫卻無論如何不願意陪她同去。她的丈夫曾經參加過第一次世界大戰，是英國皇家空軍的飛行員。丈夫表示：戰場上的恐怖經歷，使得他徹底失去面對死亡傷痛的能力，他就是沒辦法跟她一起去。克莉絲蒂強撐著，孤單地回到童年的房子裡，孤單地忍受了房子裡再也不會有媽媽在的空洞與冷清。

然而，等到她從家鄉回來，等著她的卻是丈夫的表白：他愛上了別的女人，一定要和克莉絲蒂離婚。連番受挫的克莉絲蒂失蹤了十一天，被找到後她說她失去了記憶，忘記了自己是誰。她投宿飯店時，在登記簿上寫的，果然不是她自己的名字，而是她丈夫的情婦的名字。

兩相對照，很明白吧！克莉絲蒂用小說的形式整理了自己的傷痛、婚姻的疏離與突然的離棄，另外她也明確給了自己一條生命的出路：換一個身分——當然不是換成丈夫愛上的情婦，而是換成一個創作者，創作出自己可以賴以寄託的作品來。

這樣高度自傳性的內容，無法寫成克莉絲蒂最拿手的推理小說。或者該說，如果添加了推理元素來寫成小說，那就無法保留具體經驗的切身性，為了這切身的感觸，克莉絲蒂非得把這些內容寫下來，即使必須另外換一個筆名，都非寫不可。

❖

以魏斯麥珂特名字發表的第二本小說，是《未完成的肖像》，裡面有著同樣濃厚、甚至更加濃厚的自傳意味，就連克莉絲蒂的第二任丈夫都提醒我們：閱讀這部小說，對我們了解克莉絲蒂會有很大的幫助。小說主角希莉亞內向、愛幻想而且性格依賴，和《撒旦的情歌》裡的男主角同樣在封閉、受保護的環境中長大。然後她長大、結婚、有了一個孩子、開始寫作，接著承受了巨大的心理創傷。小說裡的細節和克莉絲蒂自己的生平有些出入，但小說中描寫的感受與領會，卻比克莉絲蒂在《克莉絲蒂自傳》中所寫的，更立體、更鮮明也更確切。

還有一本魏斯麥珂特小說，應該也反映了克莉絲蒂的真實感情，那是《幸福假面》，一個中年女性被困在沙漠中，突然覺察到她的人生，她和自己、她和家人、她和世界的關係，豈不也受困了嗎？她不得不懷疑起丈夫、孩子究竟是如何看待她的，更重要的，她究竟如何看待自己，自己的生活又是什麼？

❖

這些小說，內在都藏了克莉絲蒂深厚的感情，在這裡我們看到的，不是推理小說中的那個聰明狡獪、能夠設計出種種巧計的克莉絲蒂，而是一個真實在人間行走、觀察、受挫、痛苦並且自我克服的克莉絲蒂。

弔詭地，叫做魏斯麥珂特的作者，比叫做克莉絲蒂的作者更接近真實的克莉絲蒂。換個方式說，寫推理小說時克莉絲蒂是個寫作者，設計並描寫其實並不存在的犯罪與推理情景，只有化身做魏斯麥珂特，她才碰觸自我——藏在小說後面探測並揭露自我的實況。

推理之外的六把情火，照向浮世男女

——鍾文音　知名作家

克莉絲蒂一生締造許多後人難以超越的「克莉絲蒂門檻」。八十六歲的長壽，加上勤寫不輟，一生發行了超過八十本小說與劇本。且由於多數作品圍繞著兩大人物，以至於克莉絲蒂的名字常與其筆下的「名偵探白羅」與「瑪波」掛在一起，猶如納博科夫創造「羅莉塔」，最後筆下的人物常超越了作者盛名，轉為流行語與代名詞。其作品《東方快車謀殺案》、《尼羅河謀殺案》、《捕鼠器》也因改編成影視與舞台劇，與作者同享盛名。

總之「阿嘉莎．克莉絲蒂」等同是推理小說的代名詞，那麼「瑪麗．魏斯麥珂特」呢？她是誰？

她是克莉絲蒂的另一個分身，另一道黯影，另一顆心，另一枝筆。

曾經克莉絲蒂想要從自我的繭掙脫而出，但掙脫過程中，她必須先和另一個寫推理的自我切割，好得以完成蛻變與進化；因而她用「瑪麗．魏斯麥珂特」這個筆名寫出推理之外的人生與愛情世界。妙的是，她寫的愛情小說卻也帶著推理邏輯，一個環套著另一個環，將人性的峰迴路轉不斷地如絲線般拉出，人物出場與事件的鋪陳往往在關鍵時刻留予讀者意想不到的結局，或者揭櫫了愛情的真相。把愛情寫得像推理劇，把推理劇寫得像愛情，箇中錯綜複雜、細節幽微往往是克莉絲蒂最擅長的筆功。

這六本愛情小說，克莉絲蒂，這位謀殺天后企圖謀殺的是什麼？愛情是一場又一場不見血的謀殺，愛情往往是殺死人心的最大元凶，愛情是生命風景裡最大的風暴，也是在際遇裡興風作浪的源頭。時間謀殺愛情，際遇謀殺愛情，悲愴謀殺愛情，失憶謀殺愛情……克莉絲蒂謀殺的是自己的心頭黯影，為的是揭開她真正的人生故事。

為何克莉絲蒂要用筆名寫出另一個「我」？從而寫出《未完成的肖像》、《愛的重量》、《幸福假面》、《母親的女兒》、《撒旦的情歌》、《玫瑰與紫杉》等六本環繞「情」的小說？光從書名就知道，書中情節洋溢著愛情的色彩與人生苦楚的存在探勘。處女座的她對寫作一絲不苟，有著嚴格認真的態度，同時這種秩序與理性也表現在語言的簡潔與簡約，不炫技的語言往往能夠很快進入敘事核心（此也是其能大眾化之故）。

❖

我們回到克莉絲蒂寫這六本小說的處境與年代或許會更靠近她，這些小說陸續發表於一九三〇至五六年間，這漫長的二十六年裡，她經歷第二次世界大戰與自己的人生戰爭：喪母之慟、失憶事件、離婚之悲……接著是再婚，人生和其筆下的故事一樣高潮迭起。其中被視為克莉絲蒂半自傳小說的《未完成的肖像》，描述「希莉亞」為人妻與人母的心理恐懼黯影，有如女作家的真實再現，「她留下了她的故事以及她的恐懼——給我……我不知道她去了哪裡，甚至不知道她的姓名。」讀畢似曾相識卻又陷入迷惘的想不起來之感。

這六本小說的寫作結構雖具有克莉絲蒂的推理劇場元素，但其寫作語言卻回歸愛情的浪漫本身，詩語與意象的絕妙運用，出現在小說的開始與情節轉折處。可以讀出克莉絲蒂試圖想要擺脫只寫推理的局限，她費盡多年用另一枝筆想要擺脫廣大的閱讀群眾（金氏世界紀錄寫克莉絲蒂是人類史上最暢銷的作家）。至於寫得成不成功，我以為是另一件事，重點是她竟能用另一個筆名（另一種眼光）在當時揚起一場又一場愛情書寫的生命大風。

故這套書系用的雖是筆名，可堪玩味的是故事文本指向的卻是真正的克莉絲蒂。誠如在《母親的女兒》裡她寫出了雙重雙身的隱喻：「莎拉過著一種生活。而她，安妮過著另一種生活，屬於自己的生活。」

克莉絲蒂擅長描繪與解剖關係，在《愛的重量》裡寫出驚人的姊妹生死攸關之奇異情境，姊與妹彼此既是罪惡的負擔，也是喜悅的負擔，最後妹妹為姊姊的罪行付出了代價。在《母親的女兒》裡處理母女關係——母親因為女兒放棄了愛，但也開始憎恨女兒的奧妙心理。克莉絲蒂往往在故事底下埋藏著她的思維，各種關係的拆解與重組，夫妻、母女、姊妹、我……之心理描摹，絲絲入扣至引人深省。心之罪就像是「七宗罪」，藉此探討了占有、嫉妒、愛的本質、關係的質疑、際遇的無常性、不平等的處境、自我觀照、個體與他人……六本愛情小說也可說是六本精神分析小說。在克莉絲蒂寫實功力深厚的基礎下，步步布局，故有了和一般愛情浪漫小說不同的文本，不到最後關頭，不知愛情鹿死誰手，不知故事最後要謀殺分解愛情的哪一塊，貪嗔痴慢疑皆備。

克莉絲蒂筆下的愛情帶有自《簡愛》時代以來的女性浪漫與女子想要掙脫傳統以成為自我的敘事特質，但克莉絲蒂也許因為經歷外在世界的戰爭與自我人生的殘酷撕裂，故其愛情書讀來有時具有張愛玲的惘惘威脅之感，尤其是《未完成的肖像》裡的希莉亞，逐步帶引讀者走向無光之所在，乍然下恍如是曹七巧的幽魂再現。

❖

「要做個藝術家，就得要能不理全世界才行——要是很自覺別人在聽著你演奏，那就一定要把這當成是種刺激的動力。」《未完成的肖像》裡鋼琴老師對希莉亞的母親說的這麼一段話，是我認為克莉絲蒂的「內我」對藝術的宣告。作為一個大眾類型小說的作者，要「不理全世界」、要擺脫「別人」，這簡直是難上加難，莫怪乎她要有另一個舞台，好掙脫大眾眼光與推理小說的緊箍咒。

但克莉絲蒂畢竟還是以克莉絲蒂留名於世，她獲得大眾讀者的目光時，也悄悄地把真正的自己給謀殺了。於是她只好創造「瑪麗．魏斯麥珂特」來完成真正的自己。也因此「瑪麗．魏斯麥珂特」才是真正的克莉絲蒂。而克莉絲蒂的盛名卻又謀殺了「瑪麗．魏斯麥珂特」。但最後兩個名字又巧妙地合而為一，因為為了辨識度，這六本小說往往是兩個名字並列，虛實合一。

她把自己的生命風暴與暗影寫出，也把愛情的各種樣貌層層推理出來。這六本愛情小說是她留給讀者有別於推理的愛情禁區與生命特區。克莉絲蒂寫作從不特別玩弄技巧，她僅僅以寫實這一基本功就將愛情難題置於推理美學中，將人生困境隱藏在羅曼史的浪漫外皮下，於今讀其小說可謂樸實而有味，反而不那麼羅曼史（甚至是藉羅曼史反羅曼史）。

其擺脫刻板的力道，源於克莉絲蒂在這套書系裡也一併藉著故事誠實處理了自己的內我故事，也因此故事不只是故事，故事這時具有了深刻性，故能如鏡地折射出不同讀者的內心。當一個女作家將「自我」擺入寫作的探照鏡時，往往具有再造自身的深刻力量。

在《母親的女兒》這本小說裡，克莉絲蒂結尾寫道：「多麼美好安靜……」

女作家藉著小說人物看到什麼樣的心地風光與世界風景？

「神所賜的平安，非人所能理解……」

是寧靜。

是了解。

是心若滅亡罪亦亡。

種種體悟，故從房間的黑暗深處往外探視，黎明已然再現，曾有的烏雲在生命的上空散去。

女作家藉著書寫故事與自己和解。猶如克莉絲蒂所擅長寫的偵探小說，其寫作主要使用都是密室推理法，層層如洋蔥剝開內裡，往往要到結局才知誰是真凶。這回瑪麗先是企圖殺死克莉絲蒂，但反之被克莉絲蒂擒住，最後兩人雙雙握手言歡。

故事的字詞穿越女作家的私密心房，抵達了讀者的眼中，我們閱讀時該明白與珍視的是克莉絲蒂這樣坐擁大眾讀者的天后級人物，是如何艱難地從大眾目光裡回到自身，從而又從自身的黑暗世界裡再回到大眾。

我覺得此才是克莉絲蒂寫這套書的難度之所在。

她的這六本小說創造一個新的自己，她以無盡的懸念來勾引讀者的心，冷酷與溫暖的色調彼此交織，和其偵探小說一樣適合夜晚讀之，讀一本她的小說猶如走一趟驚險與華麗的浪漫愛情之旅。但閱讀的旅程結束，真正的力道才浮上來，那就是讀者應該掙脫故事情節的表層，從而進入女作家久遠以來從未離去的浪漫懷想之岸，屬於女作家的浪漫是知其不可而為之，即使現實往往險惡，即使愛情總是幻滅，即使有一天自己也會遠離大眾。

寫作是克莉絲蒂抵抗一切終歸無常的武器，而愛情則是克莉絲蒂永恆的浪漫造山運動，如靜靜悶燒的火焰，是老派的愛情（吻竟是戀人身體的極限書寫），這種老派愛情現在讀來竟是真正的相思定錨處，不輕易繳械自己的愛情，一旦繳械就陷入彼此生命而難以脫鉤。

克莉絲蒂筆下的相思燎原，六本小說猶如六把情火，火光撲天，照向浮世男女，各種世間情與人性頓時被她照得無所遁形呢。

因為我的軛是容易的、我的擔子是輕省的。

——《聖經．馬太福音》第十一章三十節

主啊，您以最強烈的喜悅

撼醒我的靈魂；

或者，主啊，我寧可在靈魂死亡之前，

冷酷地選擇，

讓您以痛苦罪惡，

刺入我已死的心！

——史帝文生（Robert Louis Stevenson，蘇格蘭詩人暨小說家）

序幕

教堂裡寒涼陰灰，時值十月，開暖氣尚嫌早，戶外陽光看似溫暖宜人，陰涼的灰石教堂內卻溼冷如冬。

蘿拉，夾立於衣領袖口潔淨無瑕的奶媽和助理牧師漢森先生之間。牧師感冒臥床了，代理的漢森先生顯得年輕而單薄，他喉結突出，語聲尖高，還帶著鼻音。

法蘭克林太太倚在肅然挺立的丈夫臂上，看來嬌弱而迷人。第二個女兒的降臨，並未撫平法蘭克林先生失去查爾斯的痛，他想要兒子，但據醫師表示，他不會有兒子了……

法蘭克林先生的眼神從蘿拉身上，轉向在奶媽懷中咿呀作聲的開心嬰兒。兩個女兒……蘿拉是個可愛的好孩子，新生的寶寶長得也好，她的到來可謂熠熠生輝，但男人想要的是兒子呀。

查爾斯——金髮的查爾斯甩頭歡笑的模樣何其迷人，他是如此地俊秀、聰明伶俐，如此地與眾不同，為何死去的孩子不是蘿拉……

他突然與長女四目交接，蒼白的小臉上那對悲愁的大眼，法蘭克林先生因罪惡感紅了臉。他在胡想什麼？

說不定孩子猜中他的心事了，他當然也愛蘿拉……，只是……只是，她永遠不可能成為查爾斯。

安琪拉．法蘭克林靠在丈夫身上，半閉著眼對自己說：「我的兒子，我漂亮的兒子，我的至愛……我仍無法相信，為何走的人不是蘿拉？」

安琪拉絲毫不覺得罪惡，她比丈夫更坦率直接，不矯飾自己的需求，她坦言自己的第二個孩子，她的長女，永遠不會、也不可能比長子重要。與查爾斯相較，蘿拉是個十分敗興的孩子：她死氣沉沉、乖巧規矩、不造亂，卻缺乏……怎麼說呢，缺乏個性。

安琪拉尋思：「查爾斯……沒有什麼能彌補我失去查爾斯的痛。」她感覺丈夫按著她的手臂，便張開眼睛，她得專心參加儀式才行。可憐的漢森先生，聲音怎會如此難聽啊！

安琪拉憐惜地看著奶媽懷裡的寶寶，一個小到連「寶寶」這個名稱都嫌過大的孩子。原本香睡的寶寶眨呀眨地睜開眼了，好清亮的藍眼，就像查爾斯的那般，而且她還快樂地呀呀出聲。

安琪拉心想：「那是查爾斯的笑聲。」一股母愛油然而生，她的寶寶，她心愛的親生骨肉。查爾斯殤逝的陰影，首次遁入往昔中。

安琪拉看到蘿拉陰鬱悲傷的眼神，不免好奇地想：「不知道那孩子在想些什麼？」

奶媽也意識到筆直靜立在身旁的蘿拉了。

「這麼安靜的孩子，」她心想，「我覺得太過安靜了，一般小孩哪會如此沉靜、規矩，大家都沒把注意力放在她身上，沒給她該有的疼惜，不知現在……」

漢森教士就快進行到最令他緊張的步驟了，他很少施洗禮式，若牧師在就好了。漢森看到蘿拉憂鬱的眼神與嚴肅的表情。好個乖巧的孩子，不知她心裡想些什麼？

漢森和奶媽不知道，亞瑟和安琪拉．法蘭克林也都不知道。

不公平……

噢，太不公平了……

媽媽疼小寶寶，就像疼查爾斯一樣。

不公平……

她恨小寶寶，恨她、恨她、恨她！

「我希望她死掉。」

蘿拉站在洗禮盆前，耳中盡是莊嚴的聖詞，然而比聖詞更為清晰真實的，卻是那犀利如字的念頭：「我希望她死掉……」

奶媽輕推蘿拉，將寶寶交給她，低聲吩咐：「小心唷，把妹妹抱穩，然後交給牧師。」

蘿拉也低聲回道：「我知道。」

蘿拉低頭望著懷裡的嬰兒，心裡想著：「假如我鬆手讓她掉下去、摔在石地上，她就會死了嗎？」

墜在灰色堅硬的石地上。可是嬰兒不都包得很……很厚實嗎？問題是，她該這麼做、敢這麼做嗎？

蘿拉猶疑著，時機晃眼即逝，寶寶已到了緊張兮兮的漢森教士手上了，他真的沒有牧師的老練沉穩。漢森正在詢問受洗者的姓名，並跟著蘿拉複誦。雪莉．瑪格麗特．艾雯莉……水自寶寶的額上落下，小寶寶沒哭，只是咯咯發聲，彷彿發生天大的趣事。教士戒慎地親吻寶寶額頭，因為牧師向來會這麼做，然後才鬆口大氣地將寶寶交還給奶媽。

洗禮結束了。

第一部

蘿拉
一九二九年

第一章

站在洗禮盆旁邊的孩子，靜斂的外表下醞釀著日益高漲的抗拒與苦惱。

自查爾斯死後，蘿拉一直暗自希望……雖然她為哥哥的死感到悲痛（她以前真的很喜歡查爾斯），但悲傷卻逐漸被強烈的渴求與期望淹沒。俊秀迷人、個性開朗的查爾斯在世時，集三千寵愛於一身，蘿拉覺得那很正常，也很公平。她向來安靜魯鈍，又是個緊接著老大後出生的、往往較不得人疼的老二。父母待她不錯，也頗關心，但查爾斯才是他們的心肝。

有一次，蘿拉不小心聽到母親對來訪的友人說：「蘿拉雖乖，卻太無趣了。」她只能絕望地照單全收。蘿拉確實是個無趣的小孩，她矮小蒼白，不會說話逗樂大家——查爾斯就很厲害。她乖巧，不給任何人添麻煩，但覺得自己一點也不重要，且永遠都是。

有一回她對奶媽說：「媽咪偏心，比較愛查爾斯，不愛我……」

奶媽立即駁斥道：「說什麼傻話，哪有這回事，你媽媽兩個都愛。她總是很公平，做母親的每個孩子都疼。」

「貓咪就不是那樣。」蘿拉想到最近剛出生的小貓。

「貓是動物，」奶媽避重就輕地說，「而且別忘了，上帝愛你。」

蘿拉接受這個說法，上帝愛你，祂非愛不可。然而蘿拉覺得，就算是上帝，大概也最偏愛查爾斯吧……因為創造查爾斯的成就感一定高過於創造她。

蘿拉安慰自己：「當然了，我可以最愛自己，我可以比查爾斯、媽咪、爹地或任何人都更愛我自己。」

從這次之後，蘿拉變得愈發蒼白、安靜、客氣，乖巧到連奶媽都覺得不安。奶媽私下跟女傭說，好怕蘿拉會「早夭」。

然而，夭亡的竟然是查爾斯，不是蘿拉。

❖

「何不讓那孩子養隻狗？」博達克先生突然建議他的老友兼親信，蘿拉的父親。

亞瑟．法蘭克林一臉錯愕，因為他正興高采烈地跟博達克辯論改革問題。

「什麼孩子？」他不解地問。

博達克用他的大頭朝蘿拉的方向點了點，她正安靜地騎著小腳踏車，在草地邊的樹林間穿梭，無所謂歡樂，也從不做危險的動作。蘿拉是個小心翼翼的孩子。

「幹嘛讓她養狗？」亞瑟問，「狗很麻煩，總是滿腳沾泥地跑進屋裡，弄髒地毯。」

博達克像在講堂上似地用語不驚人死不休的口氣說：「狗有提升人類自尊的神奇能力，對狗而言，主人即是牠崇敬的神，且不僅崇敬，套句現代的頹廢說法，還愛得不得了。

「大部分人養狗，是因為狗讓他們覺得尊貴、有權勢。」亞瑟說：「哼，你認為那是好事嗎？」

「幾乎不能算是，」博達克說，「但我心軟，喜歡看別人開心，我希望看到蘿拉快樂。」

「蘿拉快樂得很。」蘿拉的父親又說，「反正她已經有貓了。」

「去！」博達克表示，「那根本是兩回事，如果你肯用點心思就會明白了。你的問題就在這兒，你從不思考，聽你剛才對改革時期經濟條件的看法就知道了，你真的認為……」

兩人重拾舌戰，辯得不亦樂乎，博達克更是高談闊論。

然而亞瑟．法蘭克林的心中卻留下了陰影，當晚他走進妻子房間，突然問正在換裝的妻子說：「蘿拉沒事吧？她過得還開心嗎？」

安琪拉用美麗的藍眼瞪著他看，那對眼眸和查爾斯一模一樣。

「達令！」她說，「當然了！蘿拉向來很好，不像大部分的小孩會亂發脾氣，我從來不必為她操心。她各方面都很滿足啊，我們真運氣。」

一會兒後，安琪拉扣起項上的珠鍊，突然問道：「怎麼了嗎？你今晚為什麼問起蘿拉？」

亞瑟．法蘭克林含糊地說：「噢，博弟……說了一些話。」

「哦，博弟！」法蘭克林太太好笑地說，「你又不是不了解他，他就是愛找碴。」

幾天後，博達克因故來吃午飯，眾人離開餐廳時，在走廊上遇見奶媽，安琪拉．法蘭克林故意攔住奶媽朗聲問：「蘿拉小姐還好嗎？她健康快樂嗎？」

「噢，是的，夫人。」奶媽篤定且有點不悅地說，「她是個非常乖巧的小女孩，從不調皮搗蛋，不像查爾斯公子。」

「原來查爾斯會給你惹麻煩哪？」博達克問。

奶媽畢恭畢敬地回道：「先生，公子和一般男孩一樣，總愛鬧著玩！他慢慢大了，不久就要上學了。這年紀的男生總是精力十足，不過他的消化不太好，背著我吃太多甜食了。」

她露出寵愛的笑容，搖著頭繼續前行。

「奶媽還不是疼他疼得要命。」眾人進入客廳時，安琪拉說。

「顯然如此。」博達克意味深長地說，「我覺得女人都是傻子。」

「奶媽才不傻，差得遠。」

「我不是指奶媽。」

「那是指我囉？」安琪拉瞪他一眼，但並未太凶，畢竟他是知名而特立獨行的博達克，放肆點無妨，其實這也是他可愛的一點。

「我在考慮寫一本關於第二個孩子的書。」博達克說。

「天哪，博弟！你不會想鼓吹只生一個小孩吧？我覺得怎麼看都不妥。」

「噢，十口人的家庭若能健全發展，好處當然不少，分擔家事、兄姊照顧弟妹等等，大家各安其位。提醒你，小孩一定得做事，不能讓他們閒著。這年頭大人跟傻瓜一樣，把孩子區隔開來，分什麼『適齡團體』！美其名曰教育，去！這根本違反自然！」

「你的理論真多。」安琪拉包容地說，「你說第二個孩子怎麼了？」

博達克一本正經地說：「第二個孩子的問題，在於失去新鮮感。老大是場冒險，讓人害怕又痛苦；妻子覺得自己快死了，丈夫（在此以亞瑟為例）也相信你瀕臨垂危。等熬過一切後，小寶寶啼聲驚天地出世了，這是夫妻倆費盡千辛萬苦才得來的，自然對老大疼愛有加！我們的第一個結晶，太美好了！接著老二緊跟著出世，所有過程重來一遍，只是這回已沒那麼恐怖，也相對無趣許多。孩子雖是自己的，但已非全新的經驗，於是你不會花太多心思在他身上，感覺也就沒那麼愉悅了。」

安琪拉聳聳肩。

「你這單身漢倒什麼都懂。」她嘲諷地喃喃說，「那老三、老四和其他孩子不也一樣？」

「不盡然，我發現老三跟兄姊間的年齡差距通常較大，老三往往是在老大、老二長大些，夫妻覺得『再添個寶寶也不錯』的狀況下出生的。我不懂討人厭的小孩有什麼好玩，但我想那是生物本能吧，於是夫妻倆又接著往下生，有些可愛有些壞，有的聰明有的呆，不過老三多少能融入大家，最後跟老大一樣受寵。」

「所以你要說的是，這樣很不公平嗎？」

「沒錯，人生本來就不公平！」

「那我們能怎麼辦？」

「不能怎麼辦。」

「博弟，你到底想說什麼？」

「前幾天我跟亞瑟提過，我是個心軟的人，希望看別人快樂，補償別人一些得不到的東西，讓事態稍顯公平。何況，假如你不——」他頓了一下，「或許會有危險……」

❖

「我覺得博弟簡直胡扯。」安琪拉等客人離開後，焦慮地對丈夫說。

「約翰．博達克是英國最舉足輕重的學者之一。」亞瑟眼神一凜。

「噢，我知道。」安琪拉有絲不悅，「如果他談的是希臘羅馬律法，或晦澀的伊莉莎白時期詩人，我一定洗耳恭聽，但他哪懂得孩子的事？」

「應該完全不懂。」她先生說，「對了，前幾天博弟建議讓蘿拉養隻狗。」

「狗？但蘿拉已經有貓了。」

「博弟說，那是兩碼子事。」

「太詭異了……我記得曾聽他說過他不喜歡狗。」

「我相信他的確不喜歡。」

安琪拉若有所思地說：「查爾斯也許倒該養隻狗，有一天牧師住處那幾隻小狗朝他衝過去時，他看起來挺害怕的。我不喜歡看到男孩子怕狗，假若查爾斯有自己的狗，就會習慣了。他也應該學騎術，我希望他有自己的小馬，如果我們有馬廄就好了！」

「恐怕養馬是不可能的。」法蘭克林說。

廚房裡，侍候用餐的女傭伊莎兒對廚娘說：「博達克那老傢伙也注意到了。」

「注意到什麼？」

「蘿拉小姐呀，她大概活不久了，他們還去問奶媽呢。哎呀，她長得就不是長壽相，也不像查爾斯公子那麼活潑。你等著看吧，她不會活著長大的。」

然而，死的卻是查爾斯。

第二章

查爾斯死於小兒痲痺，他在學校裡去世；另外兩個男孩也染了病，卻復原了。喪子的悲慟幾乎將身體羸弱的安琪拉徹底擊潰。查爾斯，她心疼入骨的愛兒，她英俊活潑的兒子。

安琪拉躺在漆黑的寢室裡呆望著天花板，連哭都哭不出來。她丈夫、蘿拉和僕人們只敢躡手躡腳地在死寂的房中走動，最後醫師建議亞瑟帶妻子出國透透氣。

「徹底換個空氣和環境，她必須振作起來。找個空氣清新的山區吧，也許到瑞士去。」於是亞瑟帶妻子上路，把蘿拉留在家中由奶媽照顧，另外請女家教威克絲小姐每天來訪；威克絲為人和善，卻十分古板。

父母不在的這段期間，蘿拉頗為開心，因為就技術層面而言，她是家中的女主人！每天早上她「監督廚娘」，指定一天的菜色。身材胖壯的好脾氣廚娘布朗頓太太會調控蘿拉的建議，讓實際推出的菜單與她自己籌算的相符，但又絲毫無損蘿拉的權威感。蘿拉不那麼想念父母了，因為她在心裡幻想雙親歸來的情景。

查爾斯的死固然悲哀，因為爸媽最疼愛查爾斯了，這點蘿拉無話可說，但現在，現在，輪到她闖入查爾斯的領地了。現在蘿拉成了獨生女，他們所有的希望都繫在她身上，將對她傾注所有的感情。蘿拉幻想兩人歸家的那一日，媽媽張開雙臂……

「蘿拉，我親愛的，你是我現在世上唯一僅有的了！」

那些溫馨感人的場面，都是現實中安琪拉或亞瑟絕不可能會做或說的事。然而蘿拉卻漸漸相信，那些溫暖而富戲劇張力的畫面將成事實。

蘿拉沿著小巷走到村莊的途中，在心中演練對話，不時揚眉、搖頭、低聲喃喃自語。她沉浸在浪漫的幻想裡，卻沒看到從村裡朝她走來的博達克先生，他推著附有輪子的園藝籃，裡頭擺了採買回家的雜物。

「哈囉，小蘿拉。」

蘿拉倏然從賺人熱淚的幻想中驚醒，她正在幻想母親瞎了，而她，蘿拉，則剛剛婉拒一位子爵的求婚。（「我永遠不會結婚的，對我來說，母親就是一切。」）小女孩脹紅了臉。

「爸爸媽媽還沒回來啊？」

「是的，他們還要十天才回來。」

「原來如此，想不想明天過來陪我喝茶？」

「好啊。」

蘿拉非常興奮，博達克先生在約十四英里外的大學執教鞭，他在村中有間小屋，放假和週末常過來。博達克拒絕與人為善，且公然、不客氣地拒絕貝布里鎮民的多次邀請。亞瑟・法蘭克林是他僅有的朋友，兩人是多年老友了。約翰・博達克並不友善，他對學生極為嚴苛，好笑的是，最頂尖的學生常被他磨得出類拔萃，而剩下的則遭棄之不顧。博達克寫過幾部深奧冷僻的大部頭史書，用語艱澀，能解者寥寥可數。出版商婉轉地請他寫得更淺顯易懂，結果反被痛訓一番，博達克表示，他的作品只為那些懂得欣賞的讀者而寫！他對女人尤其無禮，女人卻覺得他魅力無窮，總是不斷投懷送抱。這位偏執而傲慢無禮的博達克，其實有著意想不到的好心腸，雖然這與他的原則相違。

蘿拉明白，獲得博達克先生邀請喝茶是無上的榮耀，便精心打扮梳洗，但心裡還是覺得博達克很令人畏懼。

管家帶她進入圖書室，博達克抬起頭望著她。

「哈囉，」他說，「你來這裡做什麼？」

「您邀我來喝茶呀。」蘿拉說。

博達克慎重地看著她，蘿拉也用嚴肅有禮的眼神回望，成功地掩飾內心的惶然。

「有嗎？」博達克揉揉鼻子，「嗯……是的，好像有，真不懂我幹嘛邀你來。好吧，你最好坐下來。」

「坐哪兒？」蘿拉問。

這是個好問題，因為圖書室淨是一排排高至天花板、擠滿書本的書架，而且還有許多擺不上去的書籍，成堆疊放在地面、桌子及椅子上。

博達克一臉懊惱。

「咱們得想點辦法。」他鬱鬱地說。

他挑了張書較少的扶手椅，咕噥著將兩大落沾滿灰塵的厚書搬到地上。

「好啦。」他拍拍手上的灰塵，結果開始猛打噴嚏。

「這裡都沒人進來除塵嗎？」蘿拉靜靜坐下來之後問。

「不想活命的就可以進來！」博達克說，「不過我告訴你，這可是我拚命才爭取來的。女人最愛揮著黃色的大除塵撢，帶著一罐罐油膩膩、聞起來像松節油的臭東西闖進來，搬動我所有的書，完全不管主題地亂堆！然後扭開恐怖的機器吸呀吸，最後才心滿意足地走開，把圖書室搞得至少得花一個月才能找到你要的資料。女人哪！我實在想像不出上帝在創造女人時究竟在想什麼，祂八成覺得亞當太自得了，自詡為世界之王，為動物命名。雖然是該挫挫亞當的銳氣，但創造女人實在做得太過火了。瞧瞧可憐的亞當被整成什麼樣子！被打入原罪。」

「很遺憾。」蘿拉歉然地說。

「你遺憾個什麼勁兒？」

「遺憾您對女人有那種感覺。因為我想我就是個女人。」

「你還不算女人，謝天謝地。」博達克說，「反正還要很長一段時間後才是，雖然那天遲早會到，但不高興的事先不用想。順便告訴你，我並沒有忘記你今天要來喝茶的事，一刻都沒忘！我只是因為某種理由而裝個樣子罷了。」

「什麼理由？」

「嗯……」博達克又揉揉鼻子，「原因之一，我想看看你的反應。」他點點頭，「你的反應還不錯，非常好……」

蘿拉不解地看著他。

「還有另一個理由，假如你想和我做朋友——看起來可能性很高——就得接受我這脾性：一個粗魯、沒禮貌、壞脾氣的老傢伙。明白了嗎？別期待我會講好話，『親愛的孩子，真高興看到你，好期待你來』之類的。」

博達克講到最後幾句，捏起假嗓說得頗激動，蘿拉繃緊的表情一鬆，哈哈笑出聲來。

「那樣就太好笑了。」她說。

「是啊，非常好笑。」

蘿拉恢復肅然，打量著博達克。

「您覺得我們會成為朋友嗎？」她問。

「這得雙方同意才行，你願意嗎？」

蘿拉想了一下。

「感覺好像……怪怪的。」她不甚確定地說，「朋友通常不都是跑來跟你玩遊戲的人嗎？」

「我才不跟你玩唱遊，什麼『頭兒肩膀膝腳趾』，休想！」

「那是幼兒玩的。」蘿拉反駁道。

「我們的友情一定得建立在智性的平台上。」博達克說。

蘿拉看來十分開心。

「其實我不懂那是什麼意思，」她說，「但我喜歡那種說法。」

博達克說：「意思就是，我們見面時，會討論兩人都感興趣的議題。」

「什麼樣的議題？」

「嗯……舉例來說，像是食物吧。我喜歡食物，我想你應該也是，不過我六十多歲了，你才——幾歲？十歲嗎？你對食物的看法肯定不同，那就很有趣了。還有其他東西：顏色、花卉、動物、英國歷史。」

「您是指像亨利八世[1]的妻子們嗎？」

「沒錯。你跟十個人聊亨利八世，九個人會跟你提到他成群的妻子。對這位號稱最卓越的基督教王子而言，實在是一大辱沒，他是個圓融優秀的政治家，但世人竟只記得他想生嫡子的事。他那些不幸的妻子，在歷史上根本無足輕重。」

「嗯，我認為他的妻子們非常重要。」

「這就對了！」博達克說，「這就叫討論。」

「我會想當珍．西摩[2]。」

「為什麼是她？」

「因為她死掉了。」

「南．布林[3]和凱瑟琳．霍渥[4]也都死啦。」

「她們是被砍頭的，珍才嫁給亨利一年，生產時便死掉了，其他人一定都很難過。」

「嗯，那倒是。我們到其他房間看看有什麼茶點可吃吧。」

1 亨利八世（Henry VIII, 1491–1547），是英國都鐸王朝第二任國王，他為了休妻另娶而與羅馬教宗反目，隨後推行宗教改革，使英國教會脫離羅馬教廷，自己成為英格蘭最高宗教領袖。亨利八世一生總共有過六次婚姻。

2 珍．西摩（Jane Seymour, 1509–1537），亨利八世的第三任妻子。

3 南．布林（Nan Bullen，本名 Anne Boleyn, 1501–1536），亨利八世的第二任妻子。

4 凱瑟琳．霍渥（Catherine Howard, 1518?–1542），亨利八世的第五任妻子。

❖

「好棒的茶點。」蘿拉一臉幸福地說。

她瀏覽著葡萄乾麵包、果醬麵包、閃電泡芙[5]、黃瓜三明治、巧克力餅和一大塊濃厚的黑李子蛋糕。

蘿拉突然咯咯笑起來。

「您真的在等我來，」她說，「還是……您每天都這樣吃茶點？」

「怎麼可能。」博達克說。

兩人開心地坐下來，博達克吃了六塊黃瓜三明治，蘿拉吞掉四條閃電泡芙，且每樣東西都吃一塊。

「小蘿拉，很高興看到你胃口這麼好。」兩人吃完後，博達克開心地說。

「我一向容易肚子餓。」蘿拉說，「而且我幾乎不生病，查爾斯以前就經常生病。」

「嗯……查爾斯，你一定很想他吧？」

「噢，是的，我很想他，我很想他，真的。」

博達克挑著濃密的灰眉。

「我知道，我知道。誰說你不想他了？」

「沒有，我是真的、真的很想他。」

博達克靜靜點頭，回應蘿拉的急切，並好奇地瞅著女孩。

「他就這樣死了，真教人難過。」蘿拉不覺用成人的語氣說，想必是從大人口中聽來的。

「是啊，真教人難過。」

「媽咪和爸爸傷心極了，如今世上他們就只剩我一個了。」

「原來如此。」

蘿拉不解地看著博達克。

她又遁入自己的白日夢了。「蘿拉，我親愛的，你是我所有的一切，我的獨生女，我最珍愛的……」

「糟糕了。」博達克說，這是他心煩時的口頭禪之一，「糟糕了！糟糕了！」他煩惱地搖著頭。

「到花園走走吧，蘿拉。」他說，「咱們去看玫瑰，告訴我，你一整天都在做什麼。」

「早上威克絲小姐會過來幫我上課。」

「那個老處女！」

「您不喜歡她？」

「她全身都是格騰的傲氣，你千萬別去格騰，蘿拉！」

「格騰是什麼？」

「是劍橋的一所女子學院，一想到就令我全身發毛！」

「等我十二歲時會去上寄宿學校。」

「寄宿學校是大染缸！」

5 閃電泡芙（éclair）是一種有奶油夾餡的法式甜點，通常外層覆有巧克力糖霜。

「您不認為我會喜歡？」

「你應該會說還不錯吧，危險就危險在這裡！拿曲棍球桿砍其他女生的腳踝，回家後一天到晚把女音樂老師掛在嘴上，接著去念格騰或薩莫維爾學院[6]。唉，算了，反正還有好幾年才會發生這類慘事。你長大後想做什麼？你應該有點底吧？」

「我曾想過去照顧痲瘋病患者……」

「那倒無妨，不過別把病人帶回家睡你丈夫的床就好了。匈牙利的聖依撒伯爾[7]就幹過那種事，真是昏頭了，她雖是位不折不扣的聖人，卻是個很不體貼的老婆。」

「我永遠不會結婚。」蘿拉宣稱。

「不結婚？噢，我若是你，我會結婚的，在我看來，老處女比已婚的女人更恐怖。你雖然不適合某些男人，但我覺得你會比許多女生更賢慧。」

「那不成，爸媽年老時，我應該奉養他們，因為他們只有我一個孩子。」

「他們有廚娘、女管家、園丁、豐厚的收入，還有許多朋友，他們會過得很好。做父母的，時機到了就得放孩子走，有時反而是種解脫。」博達克突然在玫瑰花圃旁停下腳步，「這就是我的玫瑰，喜歡嗎？」

「好漂亮。」蘿拉客氣地說。

博達克表示：「整體而言，我喜歡玫瑰勝過人類，其中一個原因是，花兒的壽命不長。」

說完他用力握住蘿拉的手。

「再見了，蘿拉。」他說，「你該回家了，友情不必勉強，很高興你能來喝茶。」

「再見，博達克先生，謝謝您的款待，我玩得很開心。」

女孩口齒伶俐地說著客套話，她是個很有教養的小孩。

「很好。」博達克和善地拍拍蘿拉的肩膀，「很懂得看場合說話，謙恭與客套是社交的必備條件，等你到了我這把年紀，就可以隨心所欲地說話了。」

蘿拉對他微笑，穿過博達克為她拉開的鐵門，然後轉身遲疑著。

「怎麼了嗎？」

「所以我們的友情算是訂下來了嗎？」

博達克揉著鼻子。

「是啊，」他輕嘆道，「我想是的。」

「您不會介意嗎？」蘿拉不安地問。

「不會啊……慢慢習慣就好。」

「是的，當然，我也得慢慢習慣，不過我覺得……我想，應該會很不錯。再見。」

「再見。」

博達克望著小女孩漸漸遠去的身影，惱怒地喃喃自語說：「瞧你蹚了什麼渾水，你這個老笨蛋！」

他在回房途中遇見管家洛絲太太。

「小女孩走了嗎？」

6 薩莫維爾學院（Somerville College），英國最古老的女子學院之一。

7 聖依撒伯爾（St Elizabeth, 1207–1231）是匈牙利的公主，曾創辦醫院並親自照顧病人。

「走了。」

「噢，天啊，她沒待多久呢。」

「夠久了。」博達克說，「小孩子和粗人都不懂得何時退場，你得替他們決定。」

「是嗎？」洛絲太太憤憤地瞪著從她身邊走過的老闆。

「晚安，」博達克說，「我要進圖書室了，不許再有人來吵我。」

「晚餐……」

「隨你安排。」博達克揮揮手，「把那些甜點都收走，吃掉或餵貓都行。」

「噢，謝謝你，先生，我的小姪女……」

「給你的小姪女、貓或任何人都可以。」

「是嗎？」洛絲太太又說了一遍。「真是個壞脾氣的王老五！不過我了解他！可不是每個人都能理解的。」

蘿拉開心地回家，感覺備受尊崇。

她把頭探進廚房窗口，女傭伊莎兒正在努力編織一個繁複的圖紋。

「伊莎兒，」蘿拉說，「我交到一位朋友了。」

「是的，親愛的。」伊莎兒咕噥著，「五個鎖針，鉤兩次，八個鎖針……」

「我交到一位朋友了。」蘿拉強調說。

伊莎兒兀自喃喃說道：「再鉤三次五個長針，可是這樣尾巴對不上，我哪裡鉤錯了？」

「我交到一位朋友啦！」蘿拉喊道，很生氣她的知心好友完全充耳不聞。

伊莎兒嚇了一跳，抬起頭。

「聽到了，親愛的，別再說了。」她含糊地應著。

蘿拉氣得扭頭便走。

第三章

安琪拉．法蘭克林很害怕回家，然而臨到家門，反而不如想像中懼怕。

車子開到門前時，安琪拉對丈夫說：「蘿拉在台階上等我們呢，她看起來很興奮。」

安琪拉跳下車，熱情地抱住女兒大喊：「蘿拉，親愛的，真高興見到你，有很想我們嗎？」

蘿拉老實答道：「沒有那麼想，我一直很忙，不過我幫你做了一塊葉織毯。」

安琪拉突然想到查爾斯：兒子一定會哭著衝過草坪，投入她懷中緊緊抱住她，喊著「媽咪，媽咪，媽咪」！

回憶何其令人心痛。

安琪拉拋開回憶，笑著對蘿拉說：「葉織毯嗎？太好了，親愛的。」

亞瑟．法蘭克林撫著女兒的頭髮說：「你好像長高了，丫頭。」

眾人一起進屋。

蘿拉不清楚自己到底在期待什麼，爸媽終於回家了，而且很開心見到她，熱情地探問各種問題。問題不在他們身上，而在她自己。她並不……並不……並不什麼？

她並未如當初想像的，說某些話、露出某種表情，甚至欣喜若狂。

這跟計畫的不同，她並沒有真正取代查爾斯的位置。但是明天就會不一樣了，蘿拉告訴自己，若不是明天，就是後天或大後天。蘿拉突然想起閣樓中舊童書裡的一句話：她將成為家裡的核心。

沒錯，她現在就是家中的核心。

她實在不該再有疑慮，以為自己只是以前那個不重要的蘿拉。

那個吳下阿蒙……

❖

「博弟好像很喜歡蘿拉。」安琪拉說，「太棒了，我們不在家時，他還邀蘿拉去他家喝茶。」

亞瑟很好奇兩人聊了什麼。

一會兒之後，安琪拉表示：「我想，我們應該告訴蘿拉了，我的意思是，我們若不告訴她，她總會從僕人或別人那裡聽到些什麼，蘿拉畢竟夠大了，跟她直說無妨。」

安琪拉躺在雪松樹下的編條長椅上，轉頭望著坐在書桌椅上的先生。

她臉上仍烙著憂鬱的線條，體內孕育的生命尚未能撫平她的喪子之痛。

「一定是個男孩，」亞瑟說，「我知道這會是個兒子。」

安琪拉笑著搖頭說：「多想也沒用。」

「我告訴你，安琪拉，我就是知道。」

亞瑟非常篤定。

一個像查爾斯的男孩，另一個查爾斯，愛笑、藍眼、調皮搗蛋、充滿熱情。

安琪拉心想：「有可能會是兒子，但不會是查爾斯。」

「反正就算生女的，我們應該也一樣開心。」亞瑟的話不太具說服力。

「亞瑟，你明明想生兒子！」

「是的。」他嘆道，「我是想生兒子。」

男人會想要兒子、需要兒子，女兒畢竟不能比。

他突然感到罪惡地說：「蘿拉是個非常可愛的小孩。」

安琪拉衷心表示同意。

「我知道，她善良又乖巧，等她上學後，我們一定會想她。」

安琪拉又說：「所以我才不希望生女的，擔心蘿拉會嫉妒妹妹。當然了，她是不會有嫉妒的理由的。」

「當然。」

「但小孩有時就是會嫉妒，這很自然；所以我認為應該告訴蘿拉，讓她有心理準備。」

於是由安琪拉對女兒說：「想不想要有個弟弟？」

「或妹妹？」安琪拉隔了一會兒又問。

蘿拉瞪著媽媽，似乎非常困惑不解，沒聽懂她的話。

安琪拉柔聲說：「是這樣的，親愛的，媽媽要生寶寶了。九月的時候，很棒吧？」

看到蘿拉激動得脹紅了臉，唧唧咕咕地退開時，安琪拉有點不高興，她實在不了解女兒。

安琪拉擔憂地對丈夫說：「我在想，也許我們錯了？我從未真正教過她那些事，或許蘿拉什麼都不懂……」

亞瑟表示，家裡曾有小貓出生，發生過這種大事，蘿拉不可能對生命的誕生全然陌生。「話雖如此，說不定她以為人類不同，也許她覺得很震驚。」

蘿拉確實非常震驚——雖然非關生物學——她從未想過母親會再生一個孩子，她的想法非常單純直接，查爾斯死了，她變成獨生女，成了「他們在世上所有的一切」。

而現在——現在——又要蹦出另一個查爾斯了。

蘿拉覺得寶寶一定是個男孩，就像亞瑟和安琪拉暗自期望的那樣。

蘿拉悲傷極了。

她在黃瓜架旁蜷坐良久，心情久久無法平復。

然後她堅毅地站起來，沿著小路走到博達克先生家。

博達克正咬牙切齒地搖筆為文，尖酸地諷刺一位史學家的畢生研究。

洛絲太太敲門時，他一臉凶惡地轉頭看著門，洛絲太太開門宣布說：「蘿拉小姐找您。」

「噢。」博達克斂住猙獰的表情說，「是你啊。」

他有些煩亂，小鬼頭這樣臨時跑來，算他認栽，因為沒事先規定。小孩真討厭！給他們方便，他們就當隨便。反正他不喜歡小孩，從來都不喜歡。

博達克瞪著蘿拉，她的表情嚴肅而煩惱，卻無半分歉意，一副理直氣壯的樣子，而且連客套話都省了。

「我是來告訴您，我快要有個小弟弟了。」

「哦？」博達克嚇了一跳。

「嗯……」博達克看著蘿拉蒼白而無毫表情的小臉，思忖了一會兒，「那倒是新聞，不是嗎？」他頓了一下，「你開心嗎？」

「不開心。」蘿拉說，「我不高興。」

「寶寶最煩了，」博達克深表同情地說，「禿頭、無牙，哭聲震天。當然啦，做媽媽的還是很疼寶寶，她們非疼不可，否則可憐的小傢伙就沒人照顧、長不大了。不過等寶寶長到三、四歲，就沒那麼糟了。」他鼓勵地說：「那時就幾乎跟貓咪、小狗一樣可愛了。」

蘿拉說：「查爾斯死了，您想，我的新弟弟有可能也會死嗎？」

博達克很快看她一眼，接著篤定地說：「不會。」然後又說：「雷不會連劈兩次。」

「廚娘也說過那句話，」蘿拉表示，「意思是，同樣的事不會發生兩次嗎？」

「沒錯。」

「查爾斯——」蘿拉才開口，又停住了。

博達克再次快速打量她。

「沒理由一定會是小弟弟，」他說，「說不定是妹妹。」

「媽咪似乎認為是弟弟。」

「我若是你，就不會太信，她不會是第一個料錯的媽媽。」

蘿拉的表情燦然一亮。

「杜賽貝拉生的最後一隻小貓原本叫約塞方，後來我們才發現是母的，現在廚娘都改喊牠約瑟芬了。」

「這就對了，」博達克鼓勵地說，「我不是愛打賭的人，不過這次我賭是女孩。」

「是嗎？」蘿拉興奮地說。

她對博達克綻出感激的可愛笑容，令博達克十分震懾。

「謝謝您，」她說，「我現在就走了。」她客氣地說：「希望我沒打擾您工作。」

「沒關係，」博達克表示，「只要是重要的事，隨時歡迎來找我。我知道你闖到這兒不會只是為了聊天。」

「我不會那樣的。」蘿拉認真地說。

她退下去，小心翼翼地關上門。

剛才的談話令她心情大好，她知道博達克先生是位絕頂聰明的人。

「他說的可能比媽咪對。」蘿拉心想。

小妹妹？是的，她可以面對這件事了，妹妹不過是另一個蘿拉，一個更次等、沒有牙齒和頭髮、怎麼也比不上她的蘿拉。

❖

安琪拉從昏迷中悠悠醒轉，急切地睜開藍眸，怯怯問道：「孩子……還好嗎？」

護士專業俐落地答道：「你生了個漂亮女兒呢，法蘭克林太太。」

「女兒……女兒……」她再次閉上藍色的雙眼。

心中無限失望，她一直很肯定、非常篤定……結果竟只是第二個蘿拉……

喪子之痛再次撕裂她，查爾斯，俊秀愛笑的查爾斯，她的寶貝兒子……

樓下廚娘興高采烈地說：「哎呀，蘿拉小姐，你有小妹妹了，你覺得如何？」

蘿拉淡淡地對廚娘說：「我早知道我會有小妹妹了，博達克先生也這麼說。」

「那個王老五懂什麼？」

「他是個非常聰明的人。」蘿拉說。

安琪拉復原得很慢，亞瑟很擔心妻子，寶寶滿月時，他猶豫地對安琪拉說：「真的有那麼嚴重嗎？我是說，生的是女兒，而不是兒子？」

「沒有，當然沒有。只是……我是那麼地有把握。」

「就算生了男孩，也不會是查爾斯。」

「當然。」

護士抱著寶寶走入房裡。

「瞧，」護士說，「已經長這麼可愛了，要來見媽咪親親囉，對不對呀？」

安琪拉懶懶地抱過孩子，不耐煩地目送護士走出房間。

「這些女人淨愛講些蠢話。」她不悅地嘀咕說。

亞瑟聞之大笑。

「親愛的蘿拉，幫我把墊子拿過來。」安琪拉說。

蘿拉把墊子拿給母親，站在一旁看著安琪拉安頓寶寶。蘿拉覺得自己好成熟、好重要，寶寶只是個小蠢蛋，媽媽要仰賴的可是她——蘿拉。

今晚很冷，壁爐裡的火烤得人暖烘烘的。寶寶開心地咿呀發聲。

安琪拉垂眼望著她深藍色的眼睛，和那似乎已懂得微笑的小嘴，心頭突然一驚，以為看到查爾斯襁褓時的眼眸，她幾乎忘了兒子幼時的模樣了。

母愛驟然湧現，她的寶寶，她的心肝寶貝。她怎會對這個可愛的孩子如此冷漠無情？她怎會如此盲目？這孩子跟查爾斯一樣漂亮可愛呀。

「我的女兒，」她喃喃說，「我親愛的心肝小寶貝。」

她滿懷慈愛地俯向寶寶，渾然不覺站在一旁觀看的蘿拉，也沒注意到她已悄然離開房間。

或許是出於不安吧，她對亞瑟說：「瑪麗．威爾絲無法來參加受洗禮，我們該不該讓蘿拉當代理教母？我想她應該會很高興。」

第四章

「洗禮好玩嗎？」博達克問。

「不好玩。」蘿拉說。

「教堂裡應該很冷，」博達克說，「不過洗禮盆很不錯，是諾曼地的圖爾奈黑大理石。」

蘿拉絲毫不為所動。她正忙著想一個問題。

「我能問您一件事嗎，博達克先生？」

「當然。」

「祈求別人死掉是錯的嗎？」

博達克很快瞄她一眼說：「在我看來，那是一種不可原諒的干預。」

「干預？」

「這是老天爺的事，不是嗎？你插手做什麼？干你什麼事？」

「我不覺得上帝會在乎，寶寶受洗後就能上天堂了，不是嗎？」

「要不然還能去哪兒？」博達克坦承道。

「而且《聖經》上說，上帝很愛小孩，祂若看見小孩一定會很高興。」

博達克憂心如焚地在房中踱步，又不想展露出來。

最後他終於說道：「蘿拉，你必須、也只能管好自己的事。」

「可是也許那就是我的事。」

「不對，不是的。除了你自己，沒有什麼是你該管的。為自己禱告就好，祈求鑽石頭冠或美貌都行，對你來說，最慘的狀況就是祈禱獲得了應允。」

蘿拉一頭霧水地看著他。

「我是說真的。」博達克表示。

蘿拉客氣地向他致謝，表示自己得回家了。

蘿拉走後，博達克揉著下巴，搔頭挖鼻子，心不在焉地撰寫對頭號死敵的書評，批對方寫得不痛不癢。

蘿拉滿腹心事地走回家。

在經過一間羅馬天主小教堂時，她躊躇了一下。有個每天來廚房幫傭的女人茉莉就是天主教徒，蘿拉想起她的一些零星談話，由於內容罕聞、禁忌，聽得蘿拉津津有味。身為虔誠教徒的奶媽，對所謂的「穿紫朱衣服的女人」很有意見。蘿拉完全不懂「穿紫朱衣服的女人」是誰或是什麼，只隱約知道她與「巴比倫」[8]有關。

8　穿紫朱衣服的女人（Babylon the Scarlet Woman），或譯「巴比倫大淫婦」。是《聖經．啟示錄》中的妓女，後指不貞的女人。

但此刻蘿拉所想的，是茉莉所說的祈願禱告——蘿拉想到了蠟燭。她猶疑半天，深深吸氣，在街上四下張望一番後，溜入教堂內。

教堂裡狹小陰暗，氣味跟蘿拉每週固定上的教區教堂非常不同。眼下看不到穿紅衣的女人，倒是有尊穿藍袍的石膏女像，雕像前方放著盤子，和一個個擺放燃燭的鐵圈，旁邊則是新蠟燭及捐獻箱。

蘿拉遲疑半晌，她對神學所知有限，只知上帝愛她，因為祂是上帝。上帝之外，還有生著角、長了尾巴，專門誘惑人的惡魔，但穿紫朱衣服的女人似乎介於兩者之間。藍袍夫人看來十分慈祥，彷彿能關照信眾的祈願。

蘿拉重重嘆口氣，從口袋裡翻出這星期尚未動用的六便士零用錢。她把錢投入箱口，聽到銅板咚地一聲墜落，再也拿不回來了！然後蘿拉拿起一根蠟燭點燃，擺到燭架上，禮貌地低聲祈禱說：「我的祈願是，拜託讓寶寶上天堂。」接著又說：「求求您盡快讓她走。」

蘿拉默立片刻，蠟燭燃燒著，藍袍夫人依舊一臉慈悲。蘿拉一時空虛起來，她微皺著眉離開教堂，走回家。

寶寶的嬰兒車就在露台上，蘿拉走上前站到車旁，垂首看著熟睡的寶寶。

這時金髮寶寶動了一下頭，張開藍色的大眼望向蘿拉。

「你就快要上天堂啦，」蘿拉對妹妹說，「天堂很棒的，」她哄道，「到處金光閃閃，還有珍貴的寶石。」

過了一分鐘後，她又補充說：「還有豎琴、許多長翅膀的天使，比這裡好多了。」

她突然想到。

「你會見到查爾斯唷，很棒吧！你將會見到他。」

安琪拉從客廳落地窗走出來。

「哈囉，蘿拉。」她說，「你在跟寶寶說話呀？」

安琪拉朝嬰兒車俯下身說：「嗨，我的小寶貝，你醒啦？」

亞瑟尾隨妻子來到露台上。

「女人怎麼老愛跟寶寶講廢話？蘿拉，你不覺得很奇怪嗎？」

「我不覺得那是廢話。」蘿拉說。

「是嗎？那麼你認為是什麼？」他笑著逗女兒問。

「我認為那是愛。」蘿拉說。

亞瑟有點吃驚。

他心想，蘿拉真是個怪孩子，很難猜想她那平靜的眼神中含藏了什麼意念。

「我得去弄張細棉布之類的帳子，」安琪拉說，「嬰兒車在戶外時可罩在上頭，我好怕貓咪會跳上來躺在寶寶臉上，害她窒息。我們這邊貓太多了。」

「瞎說！」她丈夫表示，「全是那些老太婆瞎說的，我才不信貓會把嬰兒悶死。」

「噢，真的有呀，亞瑟，報上常登的。」

「那也不保證是真的。」

「反正我要去弄頂帳子來，還得叫奶媽不時從窗口查看寶寶是否無恙。噢，親愛的，我真希望我們的奶媽沒去照顧她病重的姊姊，我實在不太喜歡這個新來的年輕奶媽。」

「為什麼？她人似乎不錯啊，對寶寶很用心，也有不錯的介紹信。」

「是呀，我知道，她似乎不錯，可是介紹信上說，她有一年半的時間賦閒沒工作。」

「因為她回家照顧母親了。」

「他們向來都這麼說的！偏偏又無法查證，說不定是某種不希望我們知道的原因。」

「你是指她有問題嗎？」

安琪拉警告地瞪他一眼，指指蘿拉。

「小心點，亞瑟。不，我不是那個意思，我的意思是……」

「你的意思是什麼，親愛的？」

「我也不清楚，」安琪拉緩緩說道，「只是有時跟她講話，她好像怕我們會發現什麼。」

「被警察通緝嗎？」

「亞瑟！別鬧了。」

蘿拉輕手輕腳地走開，她是個聰明的孩子，知道爸媽不想在她面前談論奶媽。她自己對新奶媽的興趣也不高；她蒼白、黑髮，講話輕聲細語，對蘿拉雖然不錯，但並不特別疼愛。

蘿拉想到了藍袍夫人。

❖

「走啦，約瑟芬。」蘿拉生氣地說。

約瑟芬，也就是原本的約塞方，雖未積極反抗，卻百般耍賴。貓兒靠在花房邊睡得正香，卻被蘿拉半拖半抱地拉過菜園，繞過屋角，來到露台上。

「喏！」蘿拉放下約瑟芬，嬰兒車就在幾英尺外的碎石地上。

蘿拉慢慢離開，越過草坪，來到巨大的檸檬樹旁，轉過頭。

約瑟芬不悅地晃著尾巴，開始伸著長長的後腿，清理自己的腹部，等梳理完畢，約瑟芬打個呵欠，環顧四周，又懶懶地清洗耳後，再打個呵欠，最後站起來緩緩走開，繞過屋角。

蘿拉跟在貓咪後面，堅定地將牠抱起來，再帶回去。約瑟芬看了蘿拉一眼，坐在露台上晃著長尾。蘿拉一走回大樹邊，約瑟芬便又站起來打呵欠、伸懶腰，然後走開。蘿拉再次將牠抱回來，勸道：「這裡有陽光啊，約瑟芬，很棒的！」

約瑟芬顯然不這麼想，牠現在心情爛透了，甩著尾巴，耳朵往後貼。

「哈囉，小蘿拉。」

蘿拉驚跳回身，博達克先生就站在她身後，她沒注意到博達克何時越過了草坪。約瑟芬趁隙竄到樹上，得意洋洋地停在枝上俯望他們。

「貓就是這點比人類強，」博達克說，「想避開人時，可以爬到樹上，而人類最多只能把自己關在廁所。」

蘿拉有點吃驚，因為奶媽（新的奶媽）認為，「小淑女不可隨便講廁所這兩個字」。

「但你還是得出來，因為會有其他人要用廁所。」博達克說，「你的貓可能會在樹上待兩、三個鐘頭。」

約瑟芬當即展現貓兒的捉摸不定，牠竄下樹走向他們，然後在博達克的褲子上來回磨蹭，大聲發出呼嚕聲，似乎在說：「我就是一直在等這個。」

「哈囉，博弟。」安琪拉走出落地窗，「你來看寶寶嗎？噢，天啊，這些貓。蘿拉，親愛的，麻煩你把約瑟芬帶走，放到廚房裡，我還沒弄到帳子。亞瑟笑我，可是貓真的會跳到寶寶身上，睡在寶寶胸口害他們悶死。我不希望貓咪養成到露台的習慣。」

蘿拉將約瑟芬帶開時，博達克憂心地目送她。

午餐用罷，亞瑟．法蘭克林把老友拉進書房裡。

「這裡有篇文章……」他才開口。

博達克便直接打斷他。

「等一下，有件事我想先說。你們何不把那孩子送去學校？」

「蘿拉嗎？我們正有此打算。等過完耶誕節，她滿十一歲以後吧。」

「別再等了，現在就送去。」

「現在是學期中啊，而且威克絲小姐也很……」

博達克激動地發表他對威克絲小姐的看法。

「蘿拉不需要愛賣弄學問的女人來教，管她有多麼學富五車。」他說，「蘿拉需要做點別的事，跟其他女孩相處，轉換環境，否則，哪天說不定就出事了。」

「出事？出什麼事？」

「前陣子有兩個乖巧的小男生，把襁褓中的妹妹從嬰兒車中抱出來丟進河裡，他們說，因為媽媽照顧寶寶太累了。我想，他們真的相信自己是在幫忙。」

亞瑟瞪著他。

「你是指嫉妒嗎？」

「沒錯，就是嫉妒。」

「親愛的博弟，蘿拉不是愛嫉妒的孩子，她從來不是。」

「你怎麼知道？嫉妒是在心裡發酵的。」

「她從未表現出任何跡象，我覺得蘿拉是個非常貼心溫和的孩子，只是感情向來內斂。」

「你覺得！」博達克嗤之以鼻，「要我來看的話，你和安琪拉根本不了解自己的孩子。」

亞瑟好脾氣地笑了笑，他太習慣博弟了。

「我們會留意寶寶的，」他說，「你若那麼擔心，我會暗示安琪拉小心些，叫她別只顧著小寶寶，多花點心思在蘿拉身上，那樣應該就沒問題了。」他又好奇地追問：「我一直好奇，你到底從蘿拉身上看到什麼，她……」

「她是個十分獨特、難得一見的孩子。」博達克說，「至少我這麼認為。」

「我會去跟安琪拉說。但她應該只會發笑吧。」

然而出乎亞瑟預料，安琪拉並未發笑。

「博弟不是全無道理，兒童心理學家都認為，對新生兒的嫉妒是自然且無可避免的。老實說，我還沒看到蘿拉有嫉妒的跡象，她是個非常平靜的孩子，也不特別黏我或任何人，我一定會努力讓她知道，我得仰賴她。」

於是約莫一星期後，安琪拉和丈夫週末要出門拜訪老友時，對蘿拉說：「蘿拉，我們不在家時，你會好好照顧寶寶吧？能有你幫忙監督一切我就放心了，畢竟奶媽才來沒多久。」

母親的話令蘿拉非常開心，覺得自己成熟而無比重要，蒼白的小臉頓時散放容光。

可惜這美好的效果，才一會兒就被育嬰室裡的奶媽及伊莎兒的談話破壞掉了。蘿拉無意間聽到她們說：「好可愛的小寶寶。」伊莎兒用指頭疼愛地逗著嬰兒說：「粉嫩嫩的好可愛，蘿拉小姐總是那麼安靜，感覺好怪哦，難怪她爸媽不像疼查爾斯公子和小寶寶那麼愛她。蘿拉小姐雖然乖巧，但也就只有乖巧而已。」

那晚，蘿拉跪在床邊禱告。

藍袍夫人沒理會她的祈願，所以她要直接對老闆上訴。

「求求您，上帝，」蘿拉禱告說，「快點讓寶寶死掉上天堂，愈快愈好。」

她回床躺下，心頭亂跳，覺得自己好壞。她做了博達克先生叫她不能做的事，而博達克先生可是位絕頂聰明的人哪。她為藍袍夫人點蠟燭時，絲毫不覺罪惡，可能是因為不敢奢望有任何具體結果，而且也不覺得帶約瑟芬到露台上有何不妥，她又不會把貓咪放到嬰兒車裡，那樣做就太壞了，可是約瑟芬若是自己跳上去的……

然而今晚，她已經回不了頭了，因為上帝是無所不能的。

蘿拉微顫了一下，睡著了。

第五章

安琪拉與亞瑟．法蘭克林開車離去了。

新來的奶媽桂尼絲．瓊斯正在樓上育嬰室中哄寶寶睡覺。

她今晚有些焦躁，最近隱隱有些感覺和徵兆，而今晚……

「只是我胡思亂想罷了，」她告訴自己，「亂想的！就這樣而已。」

醫生不是說過，她可能再也不會發作了嗎？

她小時犯過，後來就再也沒犯，直到那恐怖的一天……

姑姑都說那是長牙期的痙攣，但醫生用另一種名稱直接點出病名，然後堅定地宣告：「你不該照顧嬰兒或孩童，那樣很危險。」

她花了大錢接受訓練，那是她的專長與技能，她領有執照，且錢都付清了，而且她好喜歡照顧小寶寶。一年過去了，癲癇都沒再發作，醫生那樣嚇唬她，實在太無稽了。

於是她寫信到不同的介紹所，不久即獲得工作，她在這裡非常愉快，寶寶又那麼可愛。

桂尼絲將寶寶放到嬰兒床上，然後下樓吃飯。她在夜裡醒來，心頭慌得厲害，她想：「我去弄杯熱牛奶喝，應該就會平靜下來了。」

她點起酒精燈，帶到窗邊桌旁。

然後完全無預警地，桂尼絲如石頭般倒在地上抽搐，酒精燈落在地板上，火焰爬過地毯，竄到棉布窗簾。

❖

蘿拉突然驚醒。

她一直在作夢，一場惡夢，她不記得細節了，只記得有個東西在追她。不過現在安全了，她安然地待在自家床上。

蘿拉伸手打開床邊的燈，看著自己的小鐘，半夜十二點。

她在床上坐起，莫名地不想關燈。

她豎耳聽見非常詭異的嘰嘎聲。「搞不好是小偷。」蘿拉心想，她跟大部分孩子一樣，先是疑心有人闖入。蘿拉下床走到門邊輕輕開門，好奇地向外窺探，一切都黑漆漆、靜悄悄的。

可是有股奇怪的煙味，蘿拉試探地嗅了嗅，走到樓梯口的平台，打開通往傭人房的門，仍看不出端倪。

她走到平台另一端，一扇通往育嬰室及浴室捷徑的門。

蘿拉驚駭地退開，滾滾煙霧朝她湧來。

「失火了，房子失火了！」

蘿拉放聲尖叫，衝到傭人住的廂房，大聲喊道：「失火了！房子失火了！」

蘿拉記不清接下來的事了。伊莎兒衝下樓打電話，廚娘打開平台上的門，卻被濃煙逼回來，廚娘安慰蘿拉說：「不會有事的。」然後語無倫次地喃喃說：「消防車待會兒就來了，他們會從窗口把她們救出來，你別擔心，親愛的。」

可是蘿拉知道，不可能沒事。

她沒料到自己的祈願獲得應允，上帝採取行動了，祂以及時而恐怖的手法出擊了。這就是祂的方式，以殘酷的手段將寶寶帶至天堂。

廚娘拉著蘿拉奔下前面的樓梯。

「來呀，蘿拉小姐，別再等了，我們全得到屋外。」

可是奶媽和寶寶無法逃到屋外，她們還困在樓上的育嬰室！

廚娘拖著蘿拉火速衝下梯子，她們奔出前門，跟草坪上的伊莎兒會合，廚娘的手才一鬆，蘿拉便扭頭又奔回樓梯上了。

她再次打開梯口的門，隔著濃煙，聽到遠處傳來焦躁的哭噎聲。

蘿拉突然一震，一股溫暖、激動、無可言喻的疼惜湧上了心頭。

她思路清晰冷靜，知道在火中救人得用打溼的毛巾摀住口鼻。蘿拉衝回自己房裡，將浴巾泡到水罐中，纏到身上，然後越過梯口奔入濃煙中。此時通道已燃起火焰，燃木紛紛墜落。大人覺得危險重重的地方，蘿拉卻奮不顧身地勇闖。她非找到寶寶、救出她來不可，否則妹妹一定會被燒死。她絆到已昏迷不醒的桂尼絲，卻不知道是什麼。蘿拉咳喘著找到嬰兒床，幸好床邊的帳子將濃煙擋掉了。

蘿拉抱起寶寶，用溼毛巾覆住她，然後跌跌撞撞地奔向門口，拚命吸氣。

可是路被火焰擋住了。

蘿拉臨危不亂，摸到通往貯藏間的門，並將之推開，來到通向閣樓那已岌岌可危的梯子。她和查爾斯曾有一次從這裡攀到屋頂，如果她能爬上屋頂……

消防車抵達時，兩個穿睡衣的女人氣急敗壞地衝上去大喊：「寶寶──樓上房間還有寶寶和奶媽。」

救火員吹了聲口哨，抿起嘴，眼看房屋那端已經陷入火海。「完了，」他對自己說，「救不出來了！」

「其他人都逃出來了嗎？」他問。

廚娘四下環顧，大喊：「蘿拉小姐呢？她跟在我後頭出來的呀，人呢？」

就在這時，一名救火員高喊：「嘿，喬伊，屋頂上有人──在房子另一端。快架梯子。」

一會兒後，他們將救下的人輕輕放到草坪上，只見全身燻黑難辨、雙臂燒傷、半昏半醒的蘿拉緊抓著一個小小的嬰孩，孩子發出宏亮的啼哭，宣示她的安然。

❖

「若不是蘿拉……」安琪拉頓住，抑制激動的情緒。

「我們查出那可憐的奶媽是怎麼回事了，」她接著說，「她是癲癇患者，醫生警告她別再當奶媽了，但她不聽。他們認為，奶媽發病時，酒精燈掉在地上。我一直覺得她怪怪的，感覺有事瞞我。」

「可憐的女孩，」亞瑟說，「她已付出代價了。」

心疼孩子的安琪拉根本不屑同情桂尼絲。

「要不是蘿拉，寶寶就被燒死了。」

「蘿拉復原了嗎？」博達克問。

「是的，不過驚嚇難免，手臂也燒傷了，幸好不太嚴重。醫生說，她會復原得很好。」

「太好了。」博達克表示。

安琪拉憤慨地說：「你還跟亞瑟說，蘿拉嫉妒小寶寶，怕會做出傷害她的事呢！真是的，你們這些單身漢！」

「好啦好啦，」博達克認栽，「我很少會說錯話，有時也算學個教訓。」

「去看看她們兩個吧。」

博達克依言去探望兩個女孩。寶寶躺在壁爐前的地毯上，活潑地踢著腿，咿咿呀呀地發出聲音。

蘿拉坐在寶寶旁邊，兩臂纏著繃帶，睫毛都燒光了，整張臉看起來很好笑。蘿拉正拿著繽紛的圈環逗寶寶玩，她轉頭看著博達克。

「哈囉，小蘿拉。」博達克說，「你還好嗎？聽說你英勇地救出寶寶了。」

蘿拉瞄他一眼，再次專心地把玩圈環。

「你的手臂怎麼樣？」

「滿痛的，不過他們幫我敷了藥，現在好多了。」

「你真有意思。」博達克重重坐到椅子上說，「前一天還巴望貓咪能把妹妹悶死……噢，是的，你就是那麼想，瞞不了我的。接著又冒著生命危險，抱著寶寶爬上屋頂求生。」

「我真的救了她。」蘿拉說，「她一點傷都沒有，一絲絲都沒有哦。」她彎身看著寶寶，熱切地表示：「我永遠不會讓她受到傷害，永遠不會，我一輩子都要照顧她。」

博達克緩緩挑著眉。

「所以現在變成愛了，你很愛她，是嗎？」

「噢，是的！」蘿拉熱情地答道，「我愛她勝過世上一切！」

她轉頭面對博達克，博達克心中一震，這孩子的表情簡直有如破繭而出，洋溢著豐沛的情感，雖然眉睫都燒光了，卻有種說不出的美。

「我明白了。」博達克說，「我明白了……不知往後又會如何？」

蘿拉困惑地望著他，然後似懂非懂地問。

「這樣不好嗎？我是指，我愛她不好嗎？」

博達克若有所思地看著蘿拉。

「這樣對你不錯，蘿拉，」他說，「是的，對你不錯……」

博達克再度陷入沉思，用手敲著下巴。

身為歷史學家，博達克總是思索過去，又因無法預見未來而深感懊惱。此刻便是其一。他看著蘿拉和咯咯發笑的雪莉，眉頭擰成一團。「她們再過十年、二十年、二十五年後會在哪裡？」他心想，「而我，又會在何處？」

答案很快出現了。

「在土堆裡，」博達克告訴自己，「在土堆下了。」

他知道自己終歸一死，卻還是很難相信，就像任何其他身體硬朗的人都不會相信。未來是種黑暗而神祕的實體！二十多年之間會發生什麼事？說不定有另一場戰爭？（不太可能！）新的疫疾？也許人們會把機械翅膀綁在身上，像謫降凡間的天使在街上飛遊！火星之旅？依賴瓶中的小藥丸維生，不再吃牛排和新鮮豌豆！

「您在想什麼？」蘿拉問。

「未來。」

「您是指明天嗎？」

「比明天還遠的未來，你應該會讀書了吧，小蘿拉？」

「當然。」蘿拉驚訝地說，「我快看完全套《杜立德醫生》，還有《小熊維尼》和……」

「細節就省了吧。」博達克說，「你書怎麼讀？從頭讀到尾嗎？」

「是呀，您不是這樣看書的嗎？」

「不是。」博達克說，「我會先看開章，知道約略內容後就直接跳到結尾，看作者如何下結論、想證實什麼。然後，然後才回頭看作者如何導出結果、做出結論。這樣更有意思。」

蘿拉十分好奇，但似乎並不贊同。

「我想，作者應該不希望讀者那樣讀他的作品。」她說。

「當然。」

「我覺得您應該按作者的意思去看書。」

「啊，」博達克說，「可是你忘啦，人家說好酒沉甕底，精彩的才在後頭。讀者也有自己的權利，作者依他喜歡的方式隨心所欲創作，玩弄文字於股掌間。讀者大可亦按他要的方式去閱讀，作者根本無從攔阻。」

「怎被您講得跟打架一樣。」蘿拉說。

「我喜歡格鬥，」博達克表示，「我們都太拘泥於時間了，年代的排序根本不重要，若站在永恆的觀點，便能跳脫時間了，可是沒有人以永恆的觀點去考量。」

蘿拉已將注意力從博達克身上轉開了，她想的不是永恆，而是雪莉。

博達克看到蘿拉深情專注的模樣，再度隱隱憂心起來。

第二部

雪莉 一九四六年

第一章

雪莉沿著小巷疾行，將球拍和球鞋夾在腋下，面帶微笑地輕喘著。她得快點，否則晚餐要遲了。她真的不該打最後一局，反正打得也不好，潘恩球技實在太差了，他和戈登從來不是雪莉的對手。而他，他叫什麼名字來著？亨利，不知亨利姓什麼？

想到亨利，雪莉的腳步稍稍放緩。

對她而言，亨利是個嶄新的經驗，與本地的年輕人截然不同。雪莉客觀地評量他們，牧師之子羅賓為人善良，極度虔誠，有著古騎士精神，他將到倫敦大學亞非學院研讀東方語文，且自視頗高。接著是彼德，彼德非常年輕，涉世未深。接著是在銀行上班的愛德華‧魏茲布里，他年紀大多了，極為熱衷政治。他們全是貝布里人，但亨利是外來者，據說是本地人的姪兒。亨利有種自由而超然的氣質。

雪莉很喜歡超然這兩個字，那是她推崇的特質。貝布里人無所謂的超然，因為人人彼此相扣。

大家都在貝布里生根，歸屬此地，家族關係十分緊密。

雪莉不確定這種說法是否妥當，但這頗能表達她的看法。

而亨利絕不屬於此地，他只是某位貝布里人的姪子，說不定還是遠房姻親，而非近親。

「太可笑了，」雪莉告訴自己，「亨利跟所有人一樣，一定也有父母、家庭。」但她覺得亨利的父母八成已客死他鄉，或母親住在南歐的里維埃拉，且有好幾位丈夫。

「太可笑了，」雪莉再度告訴自己，「你根本不了解亨利，連人家姓什麼，或今天下午是誰帶他來的都不知道。」

但她覺得亨利本就如此諱莫如深，讓人摸不清底細。當他離開時，還是沒有人知道他姓什麼，或是誰的姪兒，只知道他是位迷人的青年，有著魅力四射的笑容和卓越的球技。

雪莉好欣賞亨利的酷樣，當潘恩．克洛登躊躇地問「現在我們該怎麼打？」時，亨利當即表示：「我跟雪莉搭檔，與你們兩位對打。」並揮著球拍問：「誰先發球？」

雪莉挺相信，亨利向來就如此隨興。

雪莉問過他：「你會在這兒久待嗎？」他只是含混地答道：「噢，大概不會。」

亨利並未表示想再見她。

雪莉微微蹙眉，真希望他能那麼想……

她又看了一下手錶，加快步伐，她真的會遲到很久，不過蘿拉不會介意，她從來不計較，蘿拉是個天使……

房子已映入眼簾，這棟喬治時代初期的典雅房屋由於遭逢祝融而燒去一邊廂房後，便不曾重建，是以看來略顯歪斜。

雪莉不自覺地放慢腳步，不知怎地，她今天不太想回家，不想進入四壁環繞、夕陽自西窗潑在褪色織布上那個靜好祥和的家。蘿拉會熱切地迎她歸來，疼惜地看著她，伊莎兒會送上晚餐。那個充滿溫暖、關愛與保護的家。這一切，應該就是人生最可貴的吧？她不費吹灰之力就全部得到了，它們繞著她，逼壓著她……

「怎麼會有這種奇怪的說法，」雪莉心想，「逼壓著我？我到底在講什麼？」

然而她確實感受到壓力，明確而揮之不去的壓力，就像遠足時背負的背包一樣，一開始毫無感覺，之後背包的重量漸漸沉沉壓下，咬進她的雙肩，有如重擔般拖住她……

「真是的，我到底在想什麼！」雪莉自言自語說著，奔向打開的前門，走進屋內。

大廳中映著日暮薄光，蘿拉在二樓，用溫柔沙啞的聲音朝梯井下喊：「是你嗎，雪莉？」

「是呀，我遲了好久，蘿拉。」

「沒關係，反正只煮了通心粉，焗烤的那種。伊莎兒把它放在烤箱裡了。」

蘿拉繞下梯子，她身形瘦弱，臉上幾乎沒有血色，深棕色的眼眸帶著莫名的憂傷。她走下樓對雪莉笑道：「玩得開心嗎？」

「噢，很開心。」雪莉說。

「網球打得精彩嗎？」

「還不壞。」

「有沒有遇見有趣的人？還是只有貝布里的人？」

「幾乎都是貝布里人。」

當你不想回答別人的問題時，情況真是弔詭，但她的回答也不算錯。蘿拉想知道她玩得如何，是非常自然的。

疼你的人什麼都想知道……

亨利的家人會想知道嗎？雪莉試著想像亨利在家的情形，卻辦不到。聽起來可笑，她就是無法想見亨利的居家狀況，他一定有家人吧！

雪莉眼前浮現一幅模糊的景象，亨利走入房中，甫自南法歸來、滿頭銀髮的母親正在仔細塗抹豔色的口紅。「哈囉，母親，您回來了？」「是啊，你去打網球了嗎？」「是的。」既不好奇，也不感興趣，亨利母子倆對其他人的事均十分漠然。

蘿拉好奇地問：「你在自言自語什麼，雪莉？你的嘴唇一直在動，而且還不斷抬眉。」

雪莉大笑說：「噢，只是在想像一場對話而已。」

蘿拉挑著漂亮的眉說：「你好像很開心。」

「其實還滿可笑的。」

忠心耿耿的伊莎兒將頭探進飯廳中說：「上菜了。」

雪莉大叫一聲：「我得去梳洗一下。」說完衝上樓。

餐罷，大夥坐在客廳時，蘿拉表示：「我今天收到聖凱撒琳祕書學院的說明書了，那是最好的祕書學院之一，你覺得如何，雪莉？」

雪莉年輕美麗的臉上露出不悅。

「學速記和打字，然後去找工作嗎？」

「有何不可？」

雪莉嘆口氣，然後哈哈笑說：「因為我是懶惰蟲，寧可無所事事地賴在家裡，親愛的蘿拉，我已經讀好多年書了！不能休息一下嗎？」

「我希望你能有真正想學，或感興趣的東西。」蘿拉微皺眉說。

「我不長進嘛，」雪莉說，「我只想坐在家裡，夢想有個英俊的丈夫，家財萬貫，生養個大家庭。」

蘿拉沒回應，依然一臉憂心。

「老實說，你若去聖凱撒琳上課，在倫敦的住處會是個問題。你想不想和安佐拉表姊當室友，也許……」

「我才不要跟安佐拉住，你行行好吧，蘿拉。」

「那就別跟安佐拉住，但可以跟某位親戚或其他人住吧，我想應該會有宿舍，日後你再和別的女生合住公寓。」

「我為什麼不能跟你合住公寓？」雪莉問。

蘿拉搖頭說：「我會留在這裡。」

「留在這裡？你不跟我一起去倫敦？」

雪莉似乎頗為驚詫。

蘿拉只是回道：「我不想拖累你，親愛的。」

「拖累我？怎麼會？」

「我怕太占有你。」

「像虎毒食子嗎？蘿拉，你從不是占有欲強的人。」

蘿拉不甚確定地說：「但願不是，但誰曉得。」她又蹙眉，「人很難真正了解自己……」

「你真的不該懷疑自己，蘿拉，你不作威作福，至少對我不會，不頤指氣使，或試圖操弄我的生活。」

「事實上我就是在這麼做：安排你到倫敦，上你一點也不想上的祕書課！」

兩姊妹忍不住哈哈大笑。

❖

蘿拉伸直背，舒展手臂說：「四打了。」

她正在綑豌豆。

「我們應該能從崔德爾家那邊拿到好價錢，」她說，「梗子長，每根莖都有四朵花，今年的豌豆長得很漂亮，霍德。」

飽經風霜、陰鬱且全身髒汙的老霍德低聲贊同道：「今年確實不賴。」

霍德非常專業，這位年邁的退休園丁園藝精湛，在為期五年的戰爭末期，他的價值簡直比紅寶石高，眾人爭相搶聘。老園丁會到這兒工作，純粹是因蘿拉的為人，聽說金德太太那位靠軍需品而大發利市的丈夫，提出更高的薪資聘他。

不過霍德寧可替法蘭克林小姐工作，因為他認識蘿拉正直善良的父母、看著蘿拉長大。然而光憑這些條件，並不足以留住霍德，老人家其實很喜歡替蘿拉小姐工作。她會適時鞭策員工，讓人不致怠惰，她若要出門，也會很清楚該完成多少進度。何況蘿拉小姐也會感激你的努力，不吝讚賞。她為人慷慨，會供應午前茶，還不時有濃熱的甜茶可喝，在這個配給的時期，不是人人肯大方供應茶和糖的。蘿拉小姐自己也很勤奮，綑起豆子比他還要麻利，那就很夠意思了。蘿拉小姐很有想法，總是未雨綢繆，積極張羅，執行新的點子。園藝用的鐘形玻璃蓋即是一例，霍德原本不看好，但蘿拉坦承自己有可能會誤判。正因為如此，霍德才從善如流地同意一試，結果番茄竟長得出奇得好。

「五點鐘。」蘿拉瞄著手錶說，「我們進行得很順利。」

她看著四周裝滿花果的金屬瓶和罐子，這些都是明天要送到曼徹斯特那位花商和蔬果店的配額。

「蔬菜的價格很棒，」老霍德感激地說，「以前打死我也不會相信。」

「我相信開始轉栽鮮花是正確的，戰爭期間太缺花了，而且現在人人都在種菜。」

「啊！」霍德說，「現在狀況跟以前不一樣了，你爸媽那個年代，根本不會有人想到栽種花果到市場販售。我把這地方照顧得跟以前一樣漂亮！以前是韋伯斯特先生負責管理，他在火災之前才任職，那場火啊！幸好沒燒掉整棟房子。」

蘿拉點點頭，脫下塑膠圍裙，霍德的話令她想到多年前，「在火災之前……」

那場火是她的轉捩點，蘿拉想起災前的自己：一個嫉妒而不快樂的孩子，渴望關注與愛。

然而失火當晚，新的蘿拉誕生了，她的人生突然變得圓滿，從她抱起雪莉奮力穿越濃煙烈火的那一刻起，她的人生便有了目標與意義：她要照顧雪莉。

她救了雪莉一命，雪莉是她的，在那瞬間（如今回想），父母這兩個重要的人便退居次要了。蘿拉不再那般渴求關愛與認可，或許她對父母的愛，不若他們對她的渴盼來得深。她突然對那個叫雪莉的小寶寶產生了愛，愛填滿了她所有的渴望與混沌難解的需要。最重要的不再是自己，而是雪莉……

她將照顧雪莉，不讓妹妹受到傷害，她會去防範貓隻；在夜裡醒來，確保沒有第二場火災；她要呵護雪莉，幫她拿玩具，等她大一點陪她玩耍，生病時照顧她……

但十一歲的孩子無法預見未來：法蘭克林夫婦度假時，在飛往北法勒圖凱的途中墜機……

蘿拉時方十四，雪莉三歲。兩人沒有近親；年老的安佐拉表姊算是最親的了。蘿拉自己籌劃權衡、張羅調度，以獲得認同，最後才胸有成竹地提出辦法。遺囑執行者和託管人是一位老律師和博達克先生，蘿拉提議說，自己應離校搬回家中，雪莉由一位稱職的奶媽繼續照顧，並請威克絲小姐住到法蘭克林家，負責教育蘿拉，在名義上掌管家務。這是個絕佳的提議，務實又容易執行，博達克先生僅有一點小意見，因為他不喜歡格騰的女生，怕威克絲小姐會影響蘿拉，將她變成老古板。

蘿拉倒是一點都不擔心，因為真正當家作主的人不會是威克絲，聰明的威克絲小姐熱愛數學，對管理家務毫無興趣。蘿拉的計畫非常成功，她受到良好的教育，威克絲小姐也過得比以前優渥，蘿拉小心地讓博達克先生和威克絲小姐避開衝突。所有決定看似威克絲的點子，實則來自蘿拉的建議，如挑選新傭人、雪莉讀哪間幼稚園、去鄰鎮女修道院上課等。家中一片和樂，後來雪莉被送到知名的住宿學校就讀，當時蘿拉二十二歲。

一年後，戰爭爆發，改變了生活的樣態。雪莉的學校遷至威爾斯，威克絲小姐搬到倫敦，在政府部門任職。家裡房子被空軍徵用作為軍舍；蘿拉自己住到園丁的小屋，並至隔壁農場擔任婦女農隊[9]，同時也在自家大園子裡種植蔬菜。

9 婦女農隊（land girl），戰時英國代替役男務農的女子隊。

去年與德國的戰事結束後，被軍方徵用的房子已面目全非，蘿拉只得重新整修。雪莉自校返家後，斷然拒絕再念大學。

她表示，自己不是讀書的料！雪莉的女校長寫給蘿拉的信中也委婉地證實了這點：「我認為大學教育對雪莉的幫助有限，她是個很可愛的女孩，也非常聰明，但不適合做學問。」

因此，雪莉回家了。原本在兵工廠工作的老忠僕伊莎兒也辭職回來，不再像以前只擔任客廳女僕，她負責家務總管，更是位好友。蘿拉繼續發揚栽種蔬果花卉的大計。由於現今的課稅制，家中收入已不似從前，若想維持家計，便得善用花園，獲取利潤。

那就是過去的景況，她解下圍裙，進屋清洗。這些年來，她的生活一直以雪莉為中心。

幼年的雪莉搖搖擺擺地四處走著，用含混的童語告訴蘿拉，娃娃在做什麼。學齡的雪莉從幼稚園回來，雜七夾八地述說達克渥小姐、湯米和瑪莉，以及羅賓搗了什麼蛋、彼德在課本上畫什麼，還有「鴨子」小姐[10]怎麼罵他。

再大些，雪莉自寄宿學校歸來，滔滔訴說各種事：她喜歡和討厭的女生、天使般的英文老師杰歐佛小姐、卑鄙可惡的數學老師安德魯，以及大家痛恨的法文老師。雪莉總忍不住與蘿拉暢談，她們的關係十分奇特，不盡然像姊妹，因年紀有落差，但又不至於多達一個世代。蘿拉從來不需多問，雪莉便會自己講個沒完：「噢，蘿拉，我有好多事想告訴你！」蘿拉只需專心聆聽、哈哈大笑、給點意見，表示同意或反對就好了。

如今雪莉回家長住了，蘿拉覺得像回到舊時，兩人每天暢談各自所做的事。雪莉隨性地聊著羅賓．葛蘭特、愛德華．魏茲布里；率真熱情的雪莉很自然地會談到每天發生的事。

可是昨天她到哈瑞夫家打完球回來後，對蘿拉的詢問卻只是詭異地虛應一聲。

蘿拉不明就裡。雪莉大了，當然有自己的想法、自己的人生，蘿拉只需決定怎麼做最好就成了。蘿拉嘆口氣，再次看著手錶，決定去探望博達克先生。

10 「鴨子」小姐（Miss Duck），是達克渥小姐姓氏 Duckworth 的戲稱。

第二章

蘿拉走近時，博達克正在花園裡忙碌，他咕噥一聲問道：「你覺得我的秋海棠如何？」

博達克的園藝其實非常拙劣，卻自我感覺良好地全然無視失敗的結果，朋友們都知道不能點破。蘿拉順從地看了稀疏的秋海棠一眼，表示非常不錯。

「不錯？它們簡直美呆了！」較之十八年前，博達克如今已垂垂老矣，且變得十分矮胖。他呻吟著彎下腰拔草。

「都怪今年夏天下了太多雨，」他抱怨說，「花圃才清完，雜草又冒出來了。這些旋花真令人無言！隨你怎麼講吧，但我覺得這種雜草簡直就是魔鬼煽出來的！」他上氣不接下氣地說：「好啦，小蘿拉，有事嗎？有什麼問題告訴我吧。」

「每次我有煩惱就跑來找您，從六歲起就是這樣。」

「你以前真是個古怪的小鬼，一張臉瘦巴巴的，眼睛斗大。」

「我想知道自己做對了沒有。」

「我若是你，才不會顧慮那麼多。」博達克說，「哼！討厭的東西，還不快出來！」（這是對雜草說的。）「真的，我不會想那麼多，有些人善辨是非，有些人毫無概念，這種東西就像天生的音感！」

「我指的不是道德上的是非對錯，而是自己的做法是否明智。」

「那是兩碼事。整體而言，人們幹的傻事遠多過聰明事。你的問題是什麼？」

「雪莉。」

「我就知道，除了雪莉，你從不考慮別的事或人。」

「我一直想安排她去倫敦接受祕書訓練。」

「我覺得挺蠢的，」博達克說，「雪莉是個好孩子，但不是當祕書的料。」

「但她總得做點什麼吧？」

「現代人老愛這麼說。」

「而且我希望她能多認識些人。」

「省省吧。」博達克搖著受傷的手說，「認識人？哪些人？群眾？雇主？其他女生？還是年輕男子？」

「我想是指年輕男子吧。」

博達克咯咯笑了。

「雪莉在這兒又不是沒人要，牧師家的羅賓似乎對她有點意思，小彼德更是喜歡她，連愛德華．魏茲布里都開始在殘餘的頭髮上抹油了，我上星期日在教堂裡聞到髮油味，心想：『這傢伙想追誰呀？』我們走出教堂時他就追上來，像隻害羞的小狗，扭捏地跟雪莉搭話。」

「我想雪莉對他們都沒動心。」

「她幹嘛動心？給她一點兒時間吧，雪莉還小。蘿拉，你為何非送她去倫敦不可？你也跟著去嗎？」

「噢，不行，重點就在這兒。」

博達克站直身體。

「重點？」他好奇地望著蘿拉，「你究竟在盤算什麼，蘿拉？」

蘿拉低頭看著碎石路。

「就像您剛才說的，雪莉是我唯一在乎的人，我……我太愛她了，怕會傷害她，怕將她綁死在自己身邊。」

博達克出乎意料地柔聲說：「她小你十一歲，在某方面而言，她更像你女兒，不像妹妹。」

「我的確是姊代母職。」

他點點頭。

「聰明如你，了解到母愛的占有性，是嗎？」

「沒錯，就是那樣。我不希望如此，我希望雪莉能自由自在。」

「所以你才想將她趕出巢穴，讓她到世上磨練成長？」

「是的，但我不確定這樣算不算明智。」

博達克狠狠地揉著鼻子說：「你們女人就是愛胡思亂想，人怎麼可能知道何謂明不明智？倘若小雪莉去倫敦，跟埃及學生搞在一起，在布姆斯倍里[11]生個深膚色寶寶，你就會說全是你的錯，其實這只能怪雪莉和那個埃及人。假如她受完訓練找到理想的祕書工作，而且還嫁給老闊，你則認為自己做對了。全是廢話嘛！你無法替別人安排他們的人生，至於雪莉懂不懂世道，時間久了自見分曉。你若認為去倫敦是個好安排，那就去做，但別看得太嚴重。你就是這樣，蘿拉，把人生看得太嚴肅，很多女人都有這個問題。」

「難道您就沒有嗎？」

「我對旋花可是很認真的，」博達克憤憤地望著小徑上成堆的野草說，「還有蚜蟲。我也很認真對待我的胃，因為若不好好照顧，就會讓我痛不欲生。不過我從不想對別人的人生太過認真，因為我太尊重別人了。」

「您不明白，萬一雪莉不幸福，我一定受不了。」

「又來廢話了，」博達克不客氣地說，「萬一雪莉不幸福，又有什麼關係？大部分的人都有起落，不快樂也得受，就像所有其他事一樣。人得秉持勇敢樂觀，才能在世間闖蕩。」

他銳利地看著蘿拉。

「你自己呢，蘿拉？」

「我自己？」蘿拉詫異地問。

「是的，假設你不快樂呢？你能夠忍受嗎？」

蘿拉笑道：「我從沒想過這個問題。」

「為什麼？多想點自己的事吧，女人的無私可能會是一種災難。你想從人生得到什麼？你都二十八了，正值適婚年齡，何不開始物色對象？」

11 布姆斯倍里（Bloomsbury），倫敦東部較新興的區域。

「別鬧了，博弟。」

「薊草和羊角芹真討厭！」博達克吼說。「你是女人，不是嗎？而且還是位長相清秀、十足正常的女人。還是你其實不太正常？男人想吻你時，你會有什麼反應？」

「很少有男人想吻我。」蘿拉說。

「為什麼？因為你沒有扮好女人的角色。」他對蘿拉搖著手指，「你的心思一直兜在別的事上。瞧你這衣鮮人潔、清秀賢淑的模樣，正是我母親會喜歡的女孩。你何不塗點豔色的口紅和指甲油？」

蘿拉睇了他一眼。

「您不總說您痛恨口紅和紅指甲嗎？」

「痛恨？我當然討厭它們，我都七十九歲了！但那是一種表徵，表示你在尋找對象，準備讓人追求，算是發出求偶訊號吧。蘿拉，聽好了，你未必人見人愛，不像有些女人風情萬種，但自會有特定類型的男人因喜歡你的樸質而追求你，那種男人知道你就是他的真命天女。可是如果你按兵不動，便很難有機會，你得有所表示，記得自己是個女人，扮演女人的角色，尋覓自己的良人。」

「親愛的博弟，我很喜歡您的訓示，可我向來是個無可救藥的醜小鴨。」

「所以你想當老處女嗎？」

蘿拉的臉微微一紅。

「不，當然不想，我只是不認為自己嫁得出去。」

「太悲觀了吧！」博達克吼說。

「我才沒有，我只是認為不可能有人會愛上我。」

「什麼樣的女人都有人愛，」博達克粗魯地說，「兔唇的、生粉刺的、下巴長的、蠢笨的！你認識的已婚婦女有一半不都這樣？小蘿拉，你只是怕麻煩而已！你想付出愛，卻不願被愛，你是怕被愛的負擔太沉重吧。」

「您覺得我會太寵雪莉嗎？對她占有欲太強？」

「不會，」博達克緩緩說道，「我不認為你有占有欲，我很確信。」

「那麼，人會太溺愛另一個人嗎？」

「當然會！」他罵道，「任何事都可能做得太過，吃太多、喝太多、愛太多……」

他引述道：

我知道上千種愛的方式，
但每一種都令被愛者感到悔恨。

「牢記這句話，小蘿拉，好好地思索。」

❖

蘿拉面帶微笑地走回家，進屋時，伊莎兒從屋後走來低聲說：「有位葛林─愛德華斯先生在等你，很體面的年輕紳士，我請他到客廳等，他看起來不像壞人或身世淒涼的樣子。」

蘿拉淡淡一笑，她相信伊莎兒的判斷。

葛林—愛德華斯？她完全想不起這名字，或許是戰時曾在此駐紮的飛官。

蘿拉穿過走廊來到客廳。

年輕人一見她進來，當即起身，蘿拉根本不認識他。

在未來的幾年，她對亨利的感覺也一直如此，他是個陌生人，連一刻都不曾熟稔。

年輕人斂住原有的熱情笑容，似乎吃了一驚。

「是法蘭克林小姐嗎？」他說，「可是你並沒有——」他突然再次展笑，自信地說：「我猜她是你妹妹了。」

「你是指雪莉嗎？」

「沒錯。」亨利鬆口氣說，「雪莉，我昨天打網球時遇見她，我是亨利．葛林—愛德華斯。」

「請坐。」蘿拉表示，「雪莉去牧師家喝茶，應該很快就會回來。你要不要喝點雪利酒？還是想喝琴酒？」

亨利表示想喝雪利酒。

兩人坐在客廳裡聊天，亨利的儀態不錯，溫和斯文，讓人不會有戒心；太過自信的氣勢可能會引起反感。亨利十分開朗健談，泰然自若，對蘿拉又非常客氣。

「你住在貝布里嗎？」蘿拉問。

「沒有，我跟姑姑住在恩茲莫。」

恩茲莫遠在大約六十英里外，在米契斯特的另一側。見到蘿拉有些詫異的表情，亨利發現自己得稍做解釋。

「我昨天拿錯別人的網球拍了，」他表示，「我實在太蠢了，所以只好過來還球拍，順便把自己的拿回來，我設法弄到一些汽油，便開車過來了。」

他溫和地看著蘿拉。

「你拿到球拍了嗎？」

「是的。」亨利說，「很幸運吧？我這人非常糊塗，在法國時老是搞丟裝備。」

他天真地眨眨眼。

「既然都來了，乾脆順便拜訪一下雪莉。」

他是不是有一絲絲尷尬？

但這並不損蘿拉對他的喜愛，真的，她覺得這樣比自信凌人來得好。

這年輕人頗討人歡心，蘿拉可以明顯感受到他的魅力，但心中卻有股莫名的敵意。

蘿拉懷疑，是否又是占有欲在作祟？雪莉昨天遇見亨利，為何隻字不提？

兩人繼續聊著，此時已過七點，亨利顯然打算留至見到雪莉，不顧正常拜訪時間了。蘿拉不知雪莉還要多久才回來，這時她通常已經到家了。

她對亨利喃喃表示歉意，離開客廳進書房打電話到牧師家。

牧師娘接電話說：「雪莉嗎？有呀，蘿拉，她正在跟羅賓打鐘式高爾夫，我去喊她。」

電話那頭安靜片刻，接著是雪莉活潑輕快的聲音。

「蘿拉嗎？」

蘿拉淡淡說道：「有人追到家裡來找你了。」

「追到家裡？誰？」

「他叫葛林－愛德華斯，一個半小時前不請自來，現在還在這兒，我看他沒見到你是不會走的，他已經快聊不下去了！」

「葛林－愛德華斯？我從沒聽說過這個人，噢，天啊，我最好回家看看，可惜我都快打贏羅賓了。」

「他昨天也去打網球了。」

「不會是亨利吧？」

雪莉似乎驚訝到有些喘不過氣，她的語氣頗令蘿拉詫異。

「有可能是亨利，」蘿拉輕描淡寫地說，「他跟姑姑住在——」

雪莉屏息地打斷她說：「是亨利沒錯，我馬上回來。」

蘿拉吃驚地放下聽筒，緩緩走回客廳。

「雪莉很快就會回來。」她說，並邀亨利留下來吃晚飯。

❖

蘿拉坐在桌首的椅子上望著兩人，天色昏黃尚未轉黑，窗簾還未拉上，柔光輕灑在兩張動不動便轉向彼此的青春臉龐上。

蘿拉冷冷看著他們，試圖釐清逐漸增強的焦慮。她究竟為何不喜歡亨利？不對，不是那樣，她認為溫文有禮的亨利可愛又討人歡心，但她對他一無所知，因此無從判斷。他是不是太自在、太不拘禮數、太滿不在乎了？沒錯，這種解釋最貼切：滿不在乎。

蘿拉最在意的當然就是雪莉，她震驚極了，原以為自己了解雪莉的一切，沒想到妹妹竟然還有不為人知的一面。蘿拉和雪莉並非無話不談，但過去這些年，雪莉總會對蘿拉傾訴自己的喜怒哀樂。

可是昨天蘿拉隨口問她：「有什麼好玩的事嗎？還是只有貝布里的人？」雪莉僅草草答道：「噢，大多是貝布里的人。」

不知雪莉為何不提亨利，蘿拉想起雪莉當時在電話中突然屏息問道：「是亨利嗎？」

蘿拉將心思拉回身旁的對談上。

亨利正要結束談話……

「你若願意，我可以到卡爾斯威接你。」

「噢，太棒了，我很少看賽馬。」

「麥頓的馬沒什麼看頭，但我一位朋友有匹千里馬，我們可以……」

蘿拉冷靜地思索，亨利擺明了要追求雪莉，他這身打扮、張羅汽油老遠跑來還球拍，在在表示他非常喜歡雪莉。蘿拉不會一廂情願地自作多情，但她相信自己能預見未來。

亨利和雪莉會結婚。蘿拉頗有把握，然而亨利是個陌生人……她永遠無法真正了解他，就如同此時一樣。

而雪莉會了解他嗎？

第三章

「我在想，你該不該去見我姑姑。」亨利說。

他困惑地望著雪莉。

「我怕你會覺得很無聊。」

他們靠在馬匹檢閱場的圍欄上，瞅著唯一的十九號馬匹，牠被牽著不斷繞圈。

這是雪莉第三次陪亨利看賽馬了，其他年輕人喜歡美景，亨利卻只關心運動，這就是亨利與其他人迥異而令人心動之處。

「我相信一定不會無聊的。」雪莉客氣地說。

「你一定會受不了，」亨利表示，「她研究占星術，對金字塔有套怪理論。」

「你知道嗎，亨利，我連你姑姑的名字都不知道。」

「你不知道？」亨利訝異地問。

「她姓葛林—愛德華斯嗎？」

「不，是費布洛，莫莉．費布洛女士。姑姑其實人不錯，不太管我的行蹤，且遇到困難時，總願意解囊相助。」

「那匹馬看起來很沒勁兒。」雪莉望著十九號，鼓足勇氣才說出批評意見。

「可憐的馬兒，」亨利同意道，「這是湯米．崔斯頓最劣等的馬匹之一，好像第一道欄柵就沒跳過了。」

檢閱場裡又進來兩匹馬，更多人圍聚在欄杆邊。

「這是什麼？第三場賽馬嗎？」亨利看著手上的卡片，「賽馬的編號出來了嗎？十八號會跑嗎？」

雪莉抬眼瞄著身後的看板。

「會。」

「如果價錢還可以，咱們可以賭那匹。」

「你真的很懂馬，亨利，你是……從小跟馬一起長大的嗎？」

「我大半都是跟職業賭馬的人學的。」

雪莉斗膽提出一直想問的問題。

「真好笑，不是嗎，我對你所知如此有限！你有父母嗎，或者你跟我一樣是孤兒？」

「噢！我父母親被炸死了，當時他們就在巴黎夜總會[12]。」

「噢，亨利……太可怕了。」

12 巴黎夜總會（Café de Paris），倫敦知名夜總會，一九四一年被德軍炸毀。

「是啊。」亨利同意道，但並未表露太多情緒，他似乎也覺察到了，便又表示：「事情都已過去四年了，我很愛我父母，但總不能老活在回憶裡吧？」

「也對。」雪莉不是很能理解。

「為什麼突然問這麼多？」亨利問。

「想多了解你嘛。」雪莉幾近歉然地說。

「是嗎？」亨利似乎真的很訝異。

他表示：「反正你最好跟我姑姑見個面，蘿拉才不會有話講。」

「蘿拉？」

「蘿拉是那種很傳統的人，不是嗎？這樣就能讓她覺得我很尊重、很有誠意了。」

不久，莫莉夫人捎信敬邀雪莉前去午餐，並表示亨利會開車來接她。

❖

亨利的姑姑很像白皇后[13]，她穿了一堆亂七八糟、顏色鮮豔的毛衣，專心地編織著，漸白的棕髮盤成髮髻，髻上橫七豎八地冒出鬆落的髮束。

她融合了活潑與呆滯的特質。

「你能來真好，親愛的。」她慈祥地握著雪莉的手，結果掉了一團毛線球，「把毛線撿起來，亨利，好乖。來，告訴我，你是什麼時候出生的？」

雪莉表示自己生於一九二八年九月十八日。

「噢，是了，處女座，我想也是，幾點鐘？」

「我不清楚。」

「嘖！真可惜！你一定得查出來告訴我，時辰非常重要。我的八號織針呢？我正在幫海軍打一件高領毛衣。」

她將衣服拿起來。

「這個水手一定長得很魁梧。」亨利表示。

「我想海軍裡什麼個頭的人都有。」莫莉夫人自在地說，然後突然天外飛來一筆：「陸軍也是，我記得兩百二十四磅重的塔格．莫瑞少校打馬球時，都得騎特殊體型的小馬，他只要一開殺戒，誰也攔不住。他跟派奇里出遊時摔斷脖子了。」她說得興味盎然、眉飛色舞。

一名年邁蹣跚的老管家開門，宣布午餐準備就緒。

眾人走進飯廳，菜色乏善可陳，銀器亦光澤盡失。

「可憐的老麥斯罕，」管家離開餐廳後，莫莉夫人表示，「其實他已經看不見了，拿東西時手又抖得厲害，我好怕他沒法安全地繞過桌子。我一再叫他把東西擺到餐具櫃上就好，他就是不依。他不肯把銀器收起來，雖然他已無力清理，而且他還跟所有請來的古怪女孩吵架——這年頭只找得到那種幫手——說是不習慣她們。這場戰爭，又有誰能習慣了？」

三人回到客廳，莫莉夫人聊了一下《聖經》預言、金字塔的測量、如何購買黑市衣服配給券，以及草花維護的困難。

談完她突然收捲織物，宣稱要帶雪莉到花園走走，並叫亨利去通知司機。

13 白皇后（White Queen），《愛麗絲鏡中奇緣》中的角色。

「亨利是個可愛的孩子，」兩人邊走邊聊，「當然了，他相當自我中心，又十分揮霍，但他在那種環境長大，你能怪他嗎？」

「他……他是像母親嗎？」雪莉小心地慢慢走著。

「噢，親愛的，不是，可憐的梅卓瑞向來節儉，那可說是她的喜好。我實在不懂我弟弟為什麼娶她，她甚至不算漂亮，又十分古板。我想他們去肯亞的農莊墾殖時，她應該非常快樂，後來他們開始奢華起來，反倒不適合她了。」

「亨利的父親是……」雪莉頓了一下。

「可憐的尼德，他上過破產法院三次，可是人實在很好。亨利有時令我想到尼德……那是一種很特別的水仙百合，不是到處都長得起來，我種得很不錯。」

她擰掉一朵枯花，斜望著雪莉。

「你好漂亮，親愛的，你不介意我這麼說吧，而且好年輕。」

「我都快十九了。」

「原來如此……你有工作嗎？像現在那些聰明女孩一樣？」

「我並不聰明，」雪莉說，「我姊姊希望我去上祕書課。」

「那一定很棒，說不定能當下議院議員的祕書，大家都說會很有意思；不過我倒看不出來。我想你應該不會工作太久，你會結婚。」

她嘆口氣。

「現在的世界真怪，我剛收到一位老友來信，她女兒剛嫁給一個牙醫，牙醫哪，我們年輕時，女生才不屑嫁給牙醫，嫁醫師可以，牙醫可不成。」

她轉過頭。

「哎呀，亨利回來了。亨利，你是不是要帶這位……這位……」

「法蘭克林小姐。」

「帶這位法蘭克林小姐走了？」

「我們會繞到布里西斯看看。」

「你是不是一直在用霍曼的汽油？」

「只用幾加侖而已，莫莉姑姑。」

「我可不答應，聽到沒？你得自己設法買油，我已經張羅得很頭痛了。」

「你才不會介意呢，親愛的，別計較了。」

「好吧，下不為例。再見了，親愛的，別忘了把出生時辰寄給我，千萬別忘了，到時我就能排出你的命盤了。你應該穿綠色的，親愛的，所有處女座的人都該穿綠衣。」

「我是水瓶座，」亨利表示，「一月二十日。」

「善變，」他姑姑啐道，「記住囉，親愛的，所有水瓶座的都不可信賴。」

兩人開車離去時，亨利說：「希望你不會太無聊。」

「一點也不會，我覺得你姑姑很可愛。」

「噢，我可不認為她可愛，但她人還不錯。」

「她很喜歡你。」

「噢，並沒有，她只是不介意讓我待在身邊。」

亨利又說：「我休假快結束了，不久就得回去了。」

「你接下來打算做什麼？」

「還不曉得，我考慮過去當律師。」

「然後呢？」

「不過幹律師太辛苦了，也許我會去做點生意什麼的。」

「哪種生意？」

「先看看有沒有朋友能帶我入行，我在銀行界有點人脈，也認識幾個企業大亨，願意讓我從基層做起。」亨利補充說，「我沒什麼錢，正確地說，一年只有三百英鎊，我是指我自己的錢。我大部分的親戚都窮得跟鬼一樣，找他們也沒用。莫莉姑姑會不時伸手接濟，不過現在她自己手頭也有點緊。若真有急用，我有位教母還滿慷慨的。我知道這樣有點勉強……」

雪莉不解他為何一下說了這麼多私事。「你為什麼要告訴我這些？」

亨利臉一紅，車子歪行了一下。

他低聲喃喃說：「我還以為你知道……親愛的……你是如此可愛……我想娶你……你一定要嫁給我。一定要，一定要……」

❖

蘿拉焦急地看著亨利。

她覺得有如在結冰的寒日裡爬山，一爬上去便往下滑。

「雪莉太年輕了，」她說，「年紀太小了。」

「拜託，蘿拉，她都十九歲了，我有位教母十六歲就結婚，不到十八歲便生了雙胞胎。」

「那是很久以前的事。」

「戰時很多人也都年紀輕輕就結婚。」

「他們都後悔了。」

「你不覺得自己太悲觀嗎？雪莉和我絕不會後悔。」

「你怎麼知道？」

「噢，我知道的。」他衝蘿拉咧嘴一笑，「我有十足的把握，我瘋狂地愛著雪莉，將盡一切力量給她幸福。」

他滿心期望地看著蘿拉，再次開口表示：「我真的非常愛她。」

亨利的真誠令蘿拉卸下心防，亨利確實深愛雪莉。

「我知道自己並不富有……」

他又令人無法招架了。蘿拉擔心的根本不是經濟問題，她並無讓雪莉嫁入「豪門」的野心，亨利和雪莉在一起，雖無萬貫家財，但若儉省點，亦不致匱乏。亨利的前景不比成千上萬退役下來、一無所有的年輕人差。他有健壯的體魄、聰明的腦袋、迷人的儀態。是的，也許蘿拉不信任的正是亨利的魅力，沒有人像亨利那麼魅力四射。

蘿拉再次開口時，語氣頗為嚴正。

「不行，亨利，現在還不是談婚姻的時候，至少要先訂婚一年，讓你們有時間確認自己的心意。」

「說真的，親愛的蘿拉，你怎麼像個年近五十、維多利亞時期的嚴父？不像是姊姊。」

「我得站在父親的角度替雪莉想，你可以趁這一年找份工作，為自己打根基。」

「太可惜了，」他的笑容依舊迷人，「我覺得你根本不想讓雪莉結婚。」

蘿拉臉一紅。

「胡說。」

亨利對自己一語中的頗感得意。他跑去找雪莉。

「蘿拉實在很煩，我們為什麼不能結婚？我不想等了，我痛恨等待，你呢？若是等太久，熱頭就過了。我們大可偷偷跑去別處註冊結婚，如何？這樣可以省去很多麻煩。」

「不行，亨利，我們不能那麼做。」

「為什麼不行？我說過，這樣可以省掉很多麻煩。」

「我還未成年，我們不是應該等蘿拉同意嗎？」

「是的，我想你得等，她是你的法定監護人是嗎？或是那個叫什麼來著的老頭？」

「我其實也不太清楚，博弟是我的託管人。」

亨利說：「問題是，蘿拉不喜歡我。」

「錯了，她喜歡你，亨利，這點我很確定。」

「不，她不喜歡我，因為她嫉妒。」

雪莉滿臉疑惑。

「你真的這麼認為？」

「她從來不曾喜歡過我，打從一開始就這樣，枉我費盡心思討好她。」亨利聽起來很受傷。

「我知道你對她很好，可是亨利，我們的事對她來說畢竟太突然了，我們才認識──多久？三個星期。就算必須多等一年，也無所謂吧。」

「親愛的，我可不想等一年，我現在、下個星期、明天就娶你，你願意嫁給我嗎？」

「噢，亨利，我願意，我願意。」

❖

不久，博達克先生獲邀共進晚餐，認識亨利。餐後蘿拉迫不及待地問：「怎麼樣？您覺得他如何？」

「慢慢來，我哪有辦法吃頓飯就評斷一個人？小伙子很有禮貌，恭敬地聽我說話，不會把我當糟老頭。」

「您只有這些要說嗎？他配得上雪莉嗎？」

「親愛的蘿拉，在你眼裡，沒有人配得上雪莉。」

「您說的也許沒錯……但您喜歡他嗎？」

「喜歡，我覺得他是個討人喜歡的小伙子。」

「您認為他會是個好丈夫嗎？」

「噢，那我就不敢講了，為人夫的話，我懷疑他可能在很多方面會不盡人意。」

「那我們就不能讓雪莉嫁給他。」

「雪莉若想嫁，誰也攔不住。而且我敢說，他不會比雪莉選擇的其他人差。我不認為他會對雪莉動粗、在她的咖啡裡摻砒霜，或在公眾場合罵她。蘿拉，討人喜歡又有禮貌的先生，優點算多的。」

「您知道我怎麼想的嗎？我覺得他非常自私而且……殘忍。」

博達克挑著眉。

「我不能說你錯。」

「所以呢？」

「但雪莉喜歡這傢伙呀，蘿拉，她非常喜歡他，事實上，她為亨利瘋狂。這個年輕人或許不合你的意，嚴格說起來，他也不是我喜歡的類型，但他無疑是雪莉要的。」

「如果她能看清他的真面目就好了！」蘿拉大聲說道。

「她會發現的。」博達克表示。

「到時就太遲了！我希望她現在就看清他！」

「我想這並不會有差別，她已決心跟他在一起了。」

「若能把她送往別處……搭郵輪或到瑞士什麼的。可是戰後一切都變得如此艱困。」

「若要問我，」博達克說，「我會說阻止別人婚嫁是件吃力不討好的事；除非有重大理由，如對方已經娶妻、生了五個孩子、患有癲癇，或盜用公款被通緝，我會願意一試。你知道，若能成功拆散他們，把雪莉送上郵輪、瑞士或南海的島上，會發生什麼事嗎？」

「什麼？」

博達克對蘿拉搖著手指頭強調說：「雪莉會帶著另一個同樣類型的男生回來，人知道自己要什麼，雪莉要亨利，她若得不到亨利，便會四處尋覓，直至找到與亨利類似的人。這種事我見太多了，我的摯友娶了一個害他生不如死的老婆，一天到晚囉嗦他、欺負他、對他頤指氣使，沒有一刻安寧，大家都不懂他為何不休妻。後來他走運了！老婆罹患嚴重肺炎死了！六個月後，這朋友改頭換面，簡直像個不同的人，不少氣質美女對他表示興趣。十八個月後，猜他幹了什麼？他娶了一個比第一任老婆還惡劣的女人。人類的天性真是難解之謎啊。」

博達克重重吸了口氣。

「所以，別再庸人自擾了，蘿拉，我說過，你對人生太過嚴肅，你無法替別人過日子。小雪莉有自己的路要走，我覺得她比你更懂得應付自己的人生。我擔心的人反而是你，蘿拉，我一向如此……」

第四章

亨利用他慣有的迷人風度無奈地表示：「好吧，蘿拉，如果非先訂婚一年不可，我們就聽你的。你一定很捨不得與雪莉分開，因為你還來不及習慣。」

「問題不在那兒……」

「不是嗎？」他揚起眉，略帶諷刺地笑說，「雪莉不是你最寵愛的小羊嗎？」

他的話令蘿拉不安。

亨利離開後，日子並不輕鬆。

雪莉雖未露出敵意，卻十分疏遠。她喜怒無常，總是懷著怨氣。她整天盼望能收到信，收到信後卻又不開心。

亨利不擅長寫信，他的信件相當簡短草率：「親愛的，一切好嗎？我很想你，我昨天騎了一趟定點越野賽馬，表現很差。一切都好嗎？永遠愛你的亨利。」

有時一整個星期音訊全無。

有一次雪莉到了倫敦，兩人僅相聚片刻。

亨利拒絕接受蘿拉的邀請。

「我不想到你家度週末！我想娶你，永遠將你據為己有，而不是去你家，在蘿拉的監督下帶你『出門』。別忘了，若是可以的話，蘿拉一定會讓你跟我反目。」

「噢，亨利，蘿拉絕不會做那種事，絕對不會。她很少談到你。」

「她是希望你能忘記我吧。」

「我怎麼可能！」

「愛吃醋的老女人。」

「噢，亨利，蘿拉人很好的。」

「對我不好。」

雪莉心情煩鬱地回到家。

蘿拉讓步說：「你何不找亨利週末來玩？」

雪莉難過地說：「他不想來。」

「不想來？真奇怪。」

「有什麼好奇怪，亨利知道你不喜歡他。」

「我喜歡他呀。」蘿拉努力擠出誠意。

「蘿拉，你才沒有！」

「我覺得亨利相當迷人。」

「可是你不希望我嫁給他。」

「雪莉——不是那樣的，我只是希望你能非常、非常確定。」

「我的確很確定。」

蘿拉心急地喊說：「我是因為疼你，不希望你犯錯。」

「那就別那麼愛我，我不想一直被疼！」她又說，「其實你是在嫉妒。」

「嫉妒？」

「嫉妒亨利，你不希望我愛上別人。」

「雪莉！」

蘿拉別開臉，面色慘白。

「你根本不希望我嫁給任何人。」

蘿拉僵直地走開，雪莉衝上來歉聲連迭地說：「親愛的，我不是故意的，不是故意的，我實在太不應該了，可是你似乎很討厭亨利。」

「那是因為我覺得他很自私。」蘿拉重申她對博達克說過的話，「他並不……不善良，我總覺得他在某方面會很……無情。」

「無情？」雪莉反芻地重複，看不出任何憂懼。「是的，蘿拉，就某方面而言你說得對，亨利可以很無情。」

她又說：「那也是他吸引我的特質之一。」

「可是你要考慮清楚，萬一你生病、有困難，他會照顧你嗎？」

「我不確定自己想被照顧，我可以照顧自己，還有，請別擔心亨利，他很愛我。」

「愛？」蘿拉心想，「愛是什麼？年輕男子一時的激情嗎？亨利對雪莉的愛是否較之更甚？

或者我真的在嫉妒？」

蘿拉輕輕掙開雪莉的手，心煩氣躁地走開了。

「難道我真的不希望她嫁給任何人？而不只是亨利而已？我現在不這麼覺得，那是因為雪莉並不想嫁給其他人。假若求婚的是別人，我也會覺得他不適合、他不對嗎？我是不是太寵雪莉了？博弟警告過我，我太愛雪莉，所以不希望她嫁人，不想讓她離開，想將她據為己有，絕不放她走。我到底在反對亨利什麼？其實我從來沒了解過亨利，他跟最初一樣陌生。我只知道他不喜歡我，亨利又何必喜歡我。」

翌日，蘿拉遇到剛從牧師住處走出來的羅賓．葛蘭特，他摘掉嘴裡的菸斗，與蘿拉寒暄，然後陪她一起走到村中。羅賓表示自己剛從倫敦回來，順便提到：「我昨晚看見亨利跟一名漂亮的金髮女子吃飯，他的樣子十分殷勤，你可千萬別告訴雪莉。」

說罷哼聲一笑。

蘿拉知道喜歡雪莉的羅賓對亨利十分眼紅，但聽了不免驚疑。

她覺得亨利不是專情的人，懷疑他最近跟雪莉見面時差點吵起來。假若亨利劈腿呢？假若亨利取消婚約？

「那不正是你要的嗎？」有個聲音在她心中嘲弄著，「你不希望雪莉嫁給亨利，所以才堅持要他們先訂婚一年，不是嗎？承認吧！」

萬一亨利跟雪莉分手，她也高興不起來，因為深愛亨利的雪莉一定會傷心欲絕。如果雪莉非他莫嫁，那麼為了雪莉好——

那聲音嘲弄道：「你是指為了自己好吧，你想霸占雪莉……」

蘿拉不想強留雪莉。不希望她難過，為情人心碎。她有什麼資格評斷什麼對雪莉是不是最好的？

蘿拉回家後提筆寫信給亨利：「親愛的亨利，我一直在考慮，假如你與雪莉真心想結成連理，我就不該阻止……」

一個月後，在牧師主持下（他得了昏沉的感冒），披著白紗的雪莉在貝布里的教堂中嫁給了亨利，綳著大禮服的博達克先生將新娘交給新郎官，幸福洋溢的新娘與蘿拉擁別，蘿拉嚴厲地告誡亨利說：「要好好待她，亨利，你會疼她吧？」

亨利一貫輕鬆地說：「親愛的蘿拉，你覺得呢？」

第五章

「你真的覺得不錯嗎，蘿拉？」

新婚三個月的雪莉急切地探問。

蘿拉參觀整間公寓後（兩房一廚一衛），由衷稱讚說：「我覺得你布置得很漂亮。」

「我們剛搬進來時好恐怖，髒得要命！我們幾乎都親自清理，天花板當然不是了。好有趣啊，你喜歡紅色的浴室嗎？本來應該隨時有熱水的，但天不從人願。亨利覺得紅色能讓水變得更熱，才怪呢！」

蘿拉哈哈大笑。

「你們一定玩得很開心。」

「我們運氣好才找到這間公寓，其實這是亨利朋友的，他們把公寓讓給我們，唯一奇怪的是，他們住這裡時好像都沒付帳單，不時有送奶工人和雜貨鋪的人凶惡地跑來要債，不過當然這不關我們的事。我覺得欺騙商人很不道德，尤其是做小本生意的，但亨利覺得無所謂。」

「那樣可能會比較難賒帳。」蘿拉說。

「我每週都按時付款。」雪莉表示。

「你們錢夠用嗎，親愛的？花園最近收入不錯，如果你們需要多個一百英鎊的話。」

「你真是的，蘿拉！不需要，我們好得很，留著緊急時用吧，搞不好我會生場大病。」

「瞧你的樣子，哪像會發生那種事！」

雪莉朗聲大笑說：「蘿拉，我好快樂。」

「祝福你！」

「哈囉，亨利回來了。」

亨利開鎖進入屋內，用慣有的輕鬆語調與蘿拉打招呼。

「哈囉，蘿拉。」

「哈囉，亨利，我覺得公寓很漂亮。」

「亨利，新工作如何？」

「什麼新工作？」蘿拉問。

「是呀，他辭掉工作了，那工作沉悶極了，只能貼郵票和跑郵局。」

「我很願意從基層做起，」亨利說，「但不想在地下室工作。」

「這份工作怎麼樣？」雪莉急切地重問一遍。

「我想應該滿有前景的，」亨利說，「但現在還言之過早。」

他對蘿拉露出迷人的笑容，表示非常高興見到她。

這次的探訪非常愉快，回到貝布里後，蘿拉覺得先前的擔心與疑慮顯得十分可笑。

❖

「亨利，我們怎麼可能欠這麼多錢？」雪莉挫敗地說。她和亨利結婚剛滿一年。

亨利同意道：「我知道，我也常這麼想！怎麼可能會欠這麼多？可惜我們老是捉襟見肘。」他難過地補充說。

「可是我們怎麼付得出這些錢？」

「噢，一定有辦法搪一搪的。」亨利含混地說。

「幸好我有在花店工作。」

「是啊，幸好如此，希望你不覺得是被迫工作，得你喜歡才行。」

「我滿喜歡那份工作的，若整天沒事做，一定無聊死了。會欠那麼多錢，是因為有人亂買東西。」

亨利拿起一疊帳單說：「這種事實在令人沮喪，真討厭春季結帳日[14]，感覺上耶誕節還沒過，就已經要報稅了。」他低頭看著最上面的帳單，「這個做書架的傢伙討錢態度真惡劣，我好想直接把他塞進字紙簍裡。」說著亨利將帳單扔進垃圾桶中，然後看著下一張，「『親愛的先生，恕我們一再提醒您——』這才客氣嘛。」

「所以你會付這筆帳嗎？」

亨利說：「未必，不過我會把它歸到『預備繳清』的檔案裡。」

14 春季結帳日（Lady Day），指三月二十五日。

雪莉聞言大笑：「亨利，我實在服了你。我們到底該怎麼辦？」

「今晚先別煩惱，咱們去找個高級餐廳吃飯。」

雪莉對他扮鬼臉。

「那有幫助嗎？」

「對咱們的經濟情況沒幫助，」亨利坦承，「不過能讓我們開心。」

❖

親愛的蘿拉：

不知可否借貸我們一百英鎊？我們手頭有點緊。你或有所聞，我已失業兩個月（其實雪莉並不知情），不過我就快找到一份優渥的工作了。這期間我們為了躲債，只敢搭僕人用的電梯出門。很抱歉貿然向你開口，但這種苦差事最好由我出面，因為雪莉可能不想這麼做。

亨利敬上

❖

「我不知道你去跟蘿拉借錢！」

「我沒跟你說嗎？」亨利懶懶地轉頭說。

「不，你沒有。」雪莉冷冷地表示。

「好吧，達令，你可別把我的頭擰掉，是蘿拉跟你說的嗎？」

「沒有，她沒說，我在存款簿上看到的。」

「蘿拉人真好，二話不說就借了。」

「亨利，你為什麼跟她借錢？我真希望你沒借，而且你應該先知會我一聲。」

亨利咧嘴一笑。

「你不會准許的。」

「沒錯，我不准。」

「老實說，雪莉，我們情況急迫，我跟老莫莉借了五十英鎊，我以為我的教母老貝莎至少會借一百，卻被她一口回絕了，她大概得付附加稅吧，我還被訓了一頓。我又試過其他一、兩個地方，都沒結果，最後只好找上蘿拉。」

雪莉凝重地看著亨利。

「我們已經結婚兩年了，」她心想，「現在終於看清亨利的真貌，他永遠無法久做一份正職，且花錢無度……」

亨利雖有缺點，雪莉仍覺得嫁給他非常幸福。亨利迄今已換過四份工作，找工作對他似乎不成問題，因為亨利有一大票富裕朋友，只是他總做不久，不是膩了不想幹，就是被解雇。還有，亨利用錢毫無節制，又容易借到錢。亨利解決問題的辦法就是借貸，他不介意跟人伸手，雪莉卻非常在意。

她嘆口氣問：「你覺得我有可能改變你嗎，亨利？」

「改變我？」亨利驚訝地問，「為什麼？」

❖

「哈囉，博弟。」

「小雪莉！」博達克沉坐在破舊的大扶手椅中，對雪莉眨眼說，「我剛才可沒睡著。」

「當然沒有。」雪莉貼心地答道。

「很久沒見你回來了，還以為你忘記我們了。」博達克表示。

「我怎會忘記你！」

「你丈夫有一起來嗎？」

「這次沒有。」

「噢。」他仔細打量她，「你怎麼看來如此蒼白削瘦？」

「我在節食。」

「女人哪！」他輕哼說，「是不是遇到麻煩了？」

雪莉突然對他發脾氣說：「當然不是！」

「好啦好啦，我只是想知道而已，現在大家什麼事都不跟我說，我又耳背，不像以前還能偷偷聽到什麼，日子真是無趣極了。」

「可憐的博弟。」

「醫生還叫我少做點園藝——別彎腰在花圃裡工作，因為血液會衝到腦部。這些白痴醫生只會一天到晚嘮叨！」

「真遺憾，博弟。」

博達克滿心期待地說：「所以啦，你若想告訴我什麼事，話絕不會傳出去，我們不必告訴蘿拉。」

雪莉頓了一下。

「其實我的確是來找你談事情的。」

「我就知道。」博達克說。

「我想你或許能給我……一些建議。」

「我不會給建議，那樣太危險了。」

雪莉沒將他的話放在心上。

「我不想跟蘿拉講，她不喜歡亨利，但你喜歡他，是嗎？」

「我是滿喜歡亨利的，」博達克答道，「跟他聊天很愉快，而且他很樂意聽老人家抱怨，我喜歡他的另外一點是，他從不擔心任何事。」

雪莉笑了。

「他真的是天塌了也不怕。」

「這種人現在很少見了，每個人都憂心忡忡，鬧著胃病。是的，亨利很可愛，我不像蘿拉那樣對他的道德觀有意見。」

接著他柔聲問：「亨利怎麼了嗎？」

「博弟，你覺得我賣掉自己的資產會很蠢嗎？」

「你最近就是在辦這件事嗎？」

「是的。」

「你結婚了，資產便交還你管了，你自己的資產想怎麼處置都行。」

「我知道。」

「是亨利建議你賣的嗎？」

「不是……真的不是，全是我自己要的。我不希望亨利破產，我想亨利根本不在乎自己破不破產，但我在乎。你覺得我很笨嗎？」

博達克想了一會兒。

「就某方面而言，是的，但另一方面，一點也不笨。」

「麻煩你講清楚。」

「你並不富有，說不定將來會有急用，假如你想靠那位迷人的丈夫養你，請務必三思。就這一點，你很傻。」

「另一方面呢？」

「從另一個角度看，你付錢讓自己心安，也算是明智之舉。」他銳利地看了雪莉一眼，「還愛你先生嗎？」

「愛。」

「他是個好丈夫嗎？」

雪莉在房中慢慢踱步，有一、兩次茫然地用手指沿桌面椅背而劃，瞅著上面的塵埃。博達克盯著她。

最後雪莉終於做出決定，站到壁爐邊，背對博達克。

「不算很好。」

「怎麼說？」

雪莉淡漠地表示：「他跟別的女人有染。」

「真的？」

「我不知道。」

「所以你離開了？」

「是的。」

「生氣嗎？」

「氣壞了。」

「會回去嗎？」

雪莉沉默片刻。

「是的，我會回去。」

「唉，」博達克說，「那是你自己的人生。」

雪莉上前親吻博達克的額頭，他低哼一聲。

「謝謝你，博弟。」她說。

「甭謝了，我什麼也沒做。」

「我知道，」雪莉說，「那正是你最棒的地方！」

第六章

雪莉心想，問題是，人總會疲憊。

她靠在舒服的地鐵座椅上。

三年前，她根本不知何謂疲倦，在倫敦居住或許是原因之一吧。一開始她在西區的花店只做兼差，現在已經是全職了，下班後總有雜物得買，然後在尖峰時段擠車回家，再準備晚餐。亨利的確對她的廚藝讚不絕口！

雪莉閉眼靠坐著，有人重重踩到她的腳趾，她皺起眉頭。心想：「可是我好累……」

她飛快地回想婚後這三年半的生活……

最初的幸福……

帳單……

更多的帳單……

回家……

與朗絲黛最後交往階段……

雪莉的心思停駐在最後一件事。

她躺在公寓裡休息，這是他們住過的第三間公寓，裡頭擺滿了從租購系統買來的家具——這是司法官給他們的最後建議。

電鈴響了，雪莉懶得爬起來開門，反正不管是誰，遲早會走掉的。但此人也忒固執，電鈴響了又響。

雪莉憤而起身開門，與蘇珊．朗絲黛正面相對。

「噢，是你，蘇珊。」

「是的，我能進來嗎？」

「我很累，我剛從醫院回來。」

「我知道，亨利告訴我了，可憐的雪莉，我幫你帶了一些花。」

雪莉面無表情地接下一大把水仙。

「進來吧。」她說。

她走回沙發，抬起腳。蘇珊．朗絲黛坐到椅子上。

「你住院時我不想去煩你，」她說，「但我覺得我們應該把事情解決掉。」

「哪方面的事？」

「嗯……亨利的事。」

「亨利怎麼了？」

「親愛的，你該不會想當駝鳥，把頭埋在沙裡吧？」

「不會。」

「你應該知道亨利和我互有情愫吧？」

「除非我又瞎又聾，否則怎會不知。」雪莉冷冷地說。

「是——是的，當然。我知道亨利非常喜歡你，他不想讓你不高興，但事情就是這樣。」

「就是怎樣？」

「我要講的是離婚。」

「你是說亨利想離婚？」

「是的。」

「那他為何不提？」

「噢，親愛的雪莉，你也知道亨利那個人，他痛恨把話說死，而且他不想讓你難過。」

「所以你跟他想結婚？」

「是的，真高興你能了解。」

「我想我是很了解。」雪莉緩緩地說。

「你能告訴他沒問題嗎？」

「是的，我會跟他談。」

「你真是太好了，我覺得最後一定……」

「你走吧。」雪莉說，「我才剛出院，非常疲累。你馬上就走！聽見沒？」

「真是的，」蘇珊憤憤地站起身，「至少可以文明一點吧。」

她走出房間，砰地甩上前門。

雪莉定定躺著，淚水緩緩滑落面頰，她憤怒地拭乾眼淚。

「三年半，」雪莉心想，「三年半了……竟落得這種下場。」接著她忍不住開始狂笑，剛才的愁緒簡直就像一場爛戲裡的爛台詞。

不知過了五分鐘還是兩小時後，雪莉聽見亨利拿鑰匙開門。他跟平時一樣愉快地走進家門，手裡拎著一大把長梗黃玫瑰。

「送你的，達令。漂亮嗎？」

「很美。」雪莉表示，「其實，我已收到一把廉價的醜水仙了，而且已過了盛開期。」

「哦，誰寄來的？」

「不是寄來的，有人送過來。蘇珊·朗絲黛送來的。」

「真不要臉。」亨利生氣地說。

雪莉詫異地望著他。

「她來這裡做什麼？」亨利問。

「你難道不知道？」

「我可以猜得到，那個女人實在愈來愈煩了。」

「她來告訴我，你想離婚。」

「我想離婚？跟你離婚？」

「是的，你不想嗎？」

「當然不想。」亨利十分憤慨。

「你不想娶蘇珊？」

「鬼才想娶她。」

「但她想嫁你。」

「恐怕是的。」亨利一副很沮喪的樣子。「她老是打電話來或寫信給我，我不知該拿她怎麼辦。」

「你跟她說你想娶她嗎？」

「噢，只是說說而已。」亨利含糊地說，「或者講著講著就半推半就了……每個人多少都碰過這種事嘛。」他不安地對雪莉笑一笑，「你不會跟我離婚吧，雪莉？」

「有可能。」雪莉說。

「親愛的……」

「我已經相當……累了，亨利。」

「我是個混蛋，是個爛丈夫。」他跪到她身邊，露出昔日的魅笑，「可是我真的好愛你，雪莉，其他都只是逢場作戲，了無意義。除了你，我誰也不想娶，你能繼續包容我嗎？」

「你對蘇珊究竟是什麼感覺？」

「我們能不能把蘇珊忘了？她真的很乏味。」

「我只想了解一下。」

「嗯……」亨利想了一下，「我大概為她瘋狂過兩週，無法成眠，在那之後我仍覺得她很不錯，再之後覺得她開始有點無趣，然後她就變得真的很無趣了，最近她簡直是煩死人。」

「可憐的蘇珊。」

「別擔心她，那人寡廉鮮恥得很，是個不折不扣的八婆。」
「亨利，有時我覺得你很沒心沒肺。」
「我才不是，」亨利怨道，「我只是不明白她們幹嘛巴著不放，別那麼認真才有趣嘛！」
「自私的惡魔！」
「我嗎？也許吧，你不會真的介意吧，雪莉？」
「我不會離開你，但我已經受夠了，所有的事都是。錢的事不能信任你，你大概也會繼續在外頭偷腥。」
「噢，不會的，我對天發誓。」
「唉，亨利，你省省吧。」
「我會盡量不再拈花惹草，可是，雪莉，你知道這些外遇都只是船過水無痕，我在乎的只有你。」
「我自己也很想搞個外遇了！」雪莉說。
亨利表示，雪莉若有外遇，他也無法怪她。
接著他建議兩人出去找地方玩耍，吃頓好飯。
那一整晚，亨利都是個悅人的良伴。

第七章

蒙娜・亞當斯辦了一場雞尾酒派對。她熱愛雞尾酒派對，尤其是自己辦的。由於得拉高嗓門才能蓋過賓客們的喧譁，她喊到聲音都啞了，這是個非常成功的派對。

蒙娜正扯著嗓子與晚到的客人寒暄。

「理查！太棒了！你從撒哈拉回來啦？還是戈壁？」

「以上皆非，其實是費贊[15]。」

「聽都沒聽過，不過看見你真好！皮膚曬得好漂亮，你想談什麼？佩玫，佩玫，讓我介紹一下理查・威汀爵士，就是寫冒險書籍——騎駱駝、狩獵大型野生動物和沙漠——的那位旅行家，他剛從……從西藏某處回來。」

她轉頭再次招呼另一位剛抵達的客人。

15 費贊（Fezzan），利比亞西南部地區。

「莉迪亞！我怎麼不知道你從巴黎回來了，真是太好了！」

理查聽佩玫興奮地說：「我昨晚才在電視上看到你！能見到本人何其榮幸，請告訴我——」

可惜理查．威汀沒空告訴她任何事。

因為另一名舊識過來找他攀談了。

等酒過三巡，理查．威汀終於得空走到沙發旁，一位他生平僅見的美女身邊。

有人說道：「雪莉，你一定得見見理查．威汀。」

理查立即坐到雪莉身旁說：「我都忘了這些派對有多累人！你願不願意陪我開溜，找個安靜地方喝酒？」

「好啊，」雪莉說，「這裡已經愈來愈像動物園了。」

兩人開心地溜到戶外清涼的夜色裡。

理查攔了部計程車。

「喝酒有點嫌晚了，」他瞄了手錶一眼，「反正我們已經喝了不少酒了，我想我們需要吃點東西。」

他將傑明街上一間昂貴小館的地址給了司機。

點罷餐飯，他朝桌子對面的客人一笑。

「這是我自荒野回來後，最美妙的遭遇，我都忘了倫敦的雞尾酒派對有多麼恐怖了。人們為何要去那種派對？我為什麼去？你又為什麼去？」

「大概是群聚動物的本能吧。」雪莉笑說。

冒險的感覺令她眼神發亮，她望著桌子對面這位風度翩然、膚色銅亮的男子。

她頗自得能攫走這位派對上的貴賓。

「你的事我全知道，」她說，「而且我讀過你的書！」

「我對你卻一無所知，只知道你的名字是雪莉，其他的呢？」

「葛林─愛德華斯。」

「還有你已經結婚了。」他的眼神落在雪莉的婚戒上。

「是的，我住倫敦，在花店工作。」

「你喜歡住在倫敦、到花店工作、參加雞尾酒派對嗎？」

「不太喜歡。」

「那你喜歡做什麼……或當什麼？」

「我想一想，」雪莉半閉著眼，夢幻般地說，「我想到一座遠離塵囂的孤島，住在一棟有綠色百葉窗的白屋裡，整天什麼事都不做。島上滿是水果和繽紛芳香的花海……夜夜明月照空……海洋在晚間泛著紫光……」

她嘆口氣張開眼睛。

「為什麼大家老愛選擇島嶼？真正的島嶼其實並不舒適。」

理查．威汀輕聲說：「你會說這些話真奇怪。」

「為什麼？」

「因為我可以給你一座島嶼。」

「你是說，你擁有一座島？」

「擁有島嶼的一大部分，而且跟你描述的非常相像。那邊的海在夜裡呈酒紅色，我的白別墅有緣百葉窗，有你所說的五色繽紛的芬芳花海，而且沒有行色匆忙的人群。」

「太棒了，聽起來像座夢幻島。」

「卻相當真實。」

「你怎會捨得離開？」

「我很不安於室，但總有一天我會回島上定居，再也不離開。」

「我覺得你那樣做很對。」

侍者送上第一道菜，打斷他們，兩人開始輕鬆地天南地北聊著。

餐後理查送雪莉回家，她沒請他入內，理查說：「希望……我們能很快再見？」

他握住她的手，良久不放，雪莉羞紅了臉將手抽回。

那晚她夢見一座島嶼。

❖

「雪莉？」

「什麼事？」

「你知道我愛上你了嗎？」

她緩緩點頭。

雪莉不知該如何形容過去這奇異夢幻的三個星期，這些日子她過得魂不守舍。

她知道自己還是很累，但除此之外，尚有一種飄然的甜蜜。

她的價值觀亦隨之動搖。

彷彿亨利及一切與他相關的事都黯然遠退，而浪漫角色理查・威汀則大剌剌地突顯在前，掩過一切。

雪莉用嚴肅的眼神凝望他。

他說：「你究竟在不在乎我？」

「我不知道。」

她是什麼感覺？她只知道這名男子日益攻占她的心，知道他的親近令她快樂。雪莉知道自己是在玩火，也許她會被突來的激情捲走，她只能確定，自己不想放棄與他見面……

理查說：「你非常忠貞，雪莉，你從不對我提你先生的事。」

「我為什麼要提？」

「但我聽到不少傳聞。」

雪莉說：「人們就愛亂講。」

「他對你不忠，我覺得對你也不好。」

「是的，亨利不是個仁慈的人。」

「他沒有給你該有的愛、關注與溫柔。」

「亨利很愛我——用他自己的方式。」

「也許吧，但你要的不止那樣。」

「我以前不覺得。」

「但你現在會了，你想要——你的島嶼，雪莉。」

「噢，島嶼只是白日夢罷了。」

「那是一場可以成真的夢。」

「也許吧，但我不這麼認為。」

「它可以成真的。」

一股寒風掠過河面，襲向兩人的座位。

雪莉起身攏緊外套。

「我們不該再談這件事了，」她說，「我們這樣很愚蠢，理查，愚蠢而危險。」

「也許吧，但你已不再愛你先生了，你愛的是我。」

「我是亨利的妻子。」

「你愛我。」

雪莉重述一遍：「我是亨利的妻子。」

她像背誦信條般地複誦著。

❖

雪莉回家時，亨利穿著白色法蘭絨長褲，正躺在沙發上伸腰。

「我好像扭傷肌肉了。」他痛得皺著眉頭說。

「怎麼弄到的？」

「去羅罕布敦打網球弄傷的。」

「你和史帝芬嗎？我還以為你們要去打高爾夫。」

「我們改變心意了，史帝芬帶了瑪麗一起，加上潔西卡・桑帝，一共四個人。」

「潔西卡？就是我們那晚在射箭場遇見的那個黑女孩嗎？」

「呃……是的，就是她。」

「她是你的新歡？」

「雪莉！我跟你說過，我保證……」

「我知道，亨利，但保證算什麼？她是你的新歡——我看你的眼神就知道。」

亨利不高興地說：「隨便啦，如果你要胡思亂想的話……」

「如果我要胡思亂想，我寧可想想小島。」雪莉喃喃說。

「為什麼是小島？」

亨利從沙發上坐起身，「我真的覺得身體很僵硬。」

「你明天最好休息，星期天什麼事也別做，換個方式。」

「也好。」

然而第二天早上，亨利宣稱僵硬感不見了。

他說：「其實我們已經約好還要回去打的。」

「你和史帝芬、瑪麗——還有潔西卡嗎？」

「是的。」

「或者只有你和潔西卡？」

「噢，我們全部四個。」他毫不在乎地答說。

「你真會說謊，亨利。」

雪莉的語氣並不生氣，甚至覺得有些好笑。她想起四年前在網球會上遇見的青年，當年吸引她的，正是他的滿不在乎，至今依然不變。

害羞的青年第二天便跑來拜訪，死賴著跟蘿拉聊到她回家，而今執意追求潔西卡的，也是同一個青年。

雪莉心想：「亨利真是一點都沒變。」

「他並不想傷害我，」雪莉心想，「但他就是那麼任性。」

雪莉發現亨利有點跛，便說：「你真的不該去打網球——昨天一定是扭傷了，不能等下週末再去嗎？」

但亨利想去，便逕自走了。

亨利六點左右回家，一臉菜色地癱倒在床上，雪莉覺得不妙，不顧亨利反對，堅持打電話給醫師。

第八章

第二天下午，蘿拉吃完午餐時，電話響了。
「蘿拉嗎？是我，雪莉。」
「雪莉？怎麼了？你的聲音聽起來怪怪的。」
「蘿拉，亨利住院了，他患了脊髓灰質炎。」
「就像查爾斯一樣，」蘿拉飛快地回想過去那些年，「就像查爾斯一樣……」
當年太小，不甚了解的悲劇，此刻突然有了新的意義。
雪莉焦切的聲音，跟當年心急的母親一模一樣。
查爾斯死了，亨利會死嗎？她琢磨著：亨利會不會死？

❖

「小兒麻痺跟脊髓灰質炎是一樣的疾病嗎？」她不解地問博達克。

「只是較新的名稱罷了。怎麼了？」

「亨利得了脊髓灰質炎。」

「可憐的傢伙，你在猜他能不能熬過去，是嗎？」

「是的。」

「你希望他熬不過去？」

「是啊，是啊，您把我說成跟怪獸一樣了。」

「別否認，小蘿拉，你心裡是這麼想的。」

「人確實會有可怕的想法，」蘿拉說，「但我真的不會希望有人死掉。」

博達克沉思著說道：「我想你現在應該不會了——」

「什麼叫現在應該不會？噢，您是指以前『穿紫朱衣服的女人』那件事嗎？」蘿拉憶及過往，忍不住微笑起來。「我來找您是想跟您說，我大概暫時無法天天來看您了，我要搭下午的火車去倫敦陪雪莉。」

「她希望你去嗎？」

「她當然希望我去，」蘿拉生氣地說，「亨利住院，她一個人需要人陪。」

「也許吧……是的，也許你該這麼做，反正我這老頭子不重要。」

行動不便的博達克喜歡誇大自憐來逗人。

「親愛的，我真的很抱歉，可是……」

「可是雪莉優先，好啦好啦……我老幾呀？不過是個半瞎半聾、煩人的八十歲老頭……」

「博弟……」

博達克突然咧嘴一笑，擠擠眼說：「蘿拉，你的心腸也太軟了，任何自憐的人都不值得你同情。自憐其實是一種全天候的心態。」

❖

「幸好我沒賣掉房子，對吧？」蘿拉說。

三個月過去了，亨利在鬼門關前走了一遭，但並沒死。

「要不是他在出現徵兆後還堅持出門打球，就不會那麼嚴重了，因為……」

「情況很糟嗎？」

「幾乎可以確定他會終生跛足了。」

「可憐的傢伙。」

「當然了，他們還沒告訴他，我想也許還有機會……或許他們只是說來安慰雪莉而已。反正就像我剛才說的，幸好房子沒賣掉。真奇怪，我老覺得不該賣它，我不斷告訴自己，這太可笑了，房子對我來說太大，而且雪莉膝下無子，他們絕不會想住到鄉下，加上我很想去米契斯特的兒童之家工作。結果房子沒賣成，我可以撤回銷售，等亨利出院後，雪莉就能帶他回來住了，不過那是幾個月後的事了。」

「雪莉覺得這安排好嗎？」

蘿拉皺著眉。

「不，她有些很不情願的理由，我想我知道原因。」

蘿拉很快地看了博達克一眼。

「我也知道，雪莉不想跟我說的事，或許都告訴你了。她自己的錢都用光了，是嗎？」

「她沒跟我說，」博達克表示，「但我想她應該沒錢了。」他又加了一句：「我想亨利也早就口袋空空了。」

「我從他們的朋友和其他人那兒聽到很多傳聞，」蘿拉表示，「兩人的婚姻問題重重，亨利花光雪莉的錢、忽略她，而且外遇不斷，即使現在病成這樣，我還是很難原諒他。他怎能那樣對待雪莉？雪莉本來可以很幸福的，她那麼開朗活潑，又信賴別人。」蘿拉站起來焦躁地踱步，努力平抑自己的聲音說：「我為什麼要讓她嫁給亨利？我本來可以阻止，或至少拖延一下，讓雪莉有時間看清他的為人。可是她卻急著嫁他。我只是希望能讓她完成心願。」

「別再說了，蘿拉。」

「更糟的是，我想展現自己沒有占有欲，為了證實這一點，卻讓雪莉痛苦一輩子。」

「蘿拉，我跟你說過，你想太多了。」

「我看不得雪莉受苦！我想你大概不在乎吧。」

「雪莉，雪莉！我擔心的人向來是你，蘿拉。從你小時候扳著一張法官臉、騎著小腳踏車在花園裡亂繞時就是了。你很能吃苦，韌性強又不自憐，你從來不會為自己想。」

「我有什麼要緊？得脊髓灰質炎的人又不是我丈夫！」

「看你擔心的那股勁兒就很像！你知道我希望你怎樣嗎，蘿拉？我希望你每天開開心心，有個丈夫，生幾個調皮搗蛋的孩子。從我認識你，你就一直是個憂鬱的孩子，你若想過正常日子，就得做點別的，別把世間的悲苦攬到自己肩上——這事咱們的耶穌已經做了。你不能替別人過日子，即使親如雪莉也不能。你可以幫助她，但別把心全繫在她身上。」

蘿拉白著臉說：「你不懂。」

「你跟所有女人一樣愛小題大作。」

蘿拉默默看了博弟一會兒，然後轉身離開房間。

「我真是個蠢老頭，」博達克大聲對自己說，「死性不改。」

門突然又打開，博達克嚇了一跳，蘿拉快速進門，走到他椅邊。

「你真是個壞老頭。」蘿拉說完後啄了一下博達克。

等蘿拉離開後，博達克定定躺在床上，尷尬地眨著眼。

最近他很喜歡自言自語，此時他對著天花板祈禱。

「主啊，請眷顧她，」他說，「我無能為力，也太自以為是了。」

❖

聽到亨利生病的消息後，理查．威汀寫信給雪莉表示關懷。一個月後他再度提筆求她相見，雪莉覆信道：「我們最好別再見面，亨利是我唯一的生活重心，你應能理解。再見了。」

他回信說：「我早料到你會這麼說，祝福你，我親愛的，永遠祝福你。」

雪莉心想，兩人之間便算結束了……

亨利活下來了，但現在她得面對更艱苦的現實，她和亨利已一文不名，當他跛足出院時，得先找個地方安頓。

而蘿拉是最現成的答案。

慷慨仁慈的蘿拉認為雪莉和亨利理當回到貝布里，然而雪莉不知為何極不願意回去。

因殘疾而變得脾氣乖戾、樂觀盡失的亨利，罵雪莉瘋了。

「我不懂你為何反對，這樣做是最好的，幸好蘿拉沒把房子賣掉，那邊房間很多，我們可以擁有自己的套房，需要的話，弄個護士或男僕什麼的。我實在不懂你在猶豫什麼。」

「我們不能去住莫莉那兒嗎？」

「你是知道的，她中過風，說不定很快又會再犯，她有護士照顧，那護士挺神經的，而且莫莉的收入有一半都納稅去了，想都甭想。去蘿拉那兒有什麼不好？她邀過我們對不對？」

「當然，邀了不止一遍。」

「那就好啦，你為什麼不想去？蘿拉很疼你。」

「她很愛我，可是……」

「好吧！蘿拉疼你，但她並不喜歡我！這樣她更樂了，她可以幸災樂禍，說我是個沒用的殘廢。」

「不可以這樣說話，亨利，你知道蘿拉不是那種人。」

「我幹嘛在乎蘿拉是哪種人？我何必在乎任何事？你明白我的心情嗎？明白那種在床上無法自己翻身的無助嗎？你在乎個屁！」

「我在乎的。」

「被綁在一個跛子身邊，你樂子可多了！」

「我又不介意。」

「你跟所有女人一樣，喜歡把男人當成小孩，現在我得事事依賴你，我想你很喜歡吧。」

「你愛怎麼說都行，」雪莉表示，「我知道你心裡難過。」

「你懂個屁，你哪能了解，我真想死！那些該死的醫生何不乾脆讓我死？他們實在應該那麼做。你再說呀，看你還能說些什麼安慰的話。」

「好，」雪莉說，「我講，這話你聽了會很氣。現在的處境對我而言，比對你更糟。」

亨利怒目瞪她，然後嫌惡地大笑說：「算你說對了。」

❖

一個月後，雪莉寫信給蘿拉。

「親愛的蘿拉，謝謝你願意慷慨收容我們。請別介意亨利和他說的話，此次他深受打擊，亨利從未吃過苦，心中極度不平，而今遭此橫禍，實在堪憐。」

蘿拉很快回了一封充滿關懷的信。

兩個星期後，雪莉和她殘廢的丈夫回來了。

面對蘿拉熱情的擁抱時，雪莉懷疑，自己何以遲遲不願回來？

這是她的娘家，回到蘿拉的關愛與保護下，感覺像又變成了孩子。

「親愛的蘿拉，我好高興能回來，我好累，累壞了……」

雪莉的模樣讓蘿拉嚇了一跳。

「親愛的雪莉，你吃太多苦了……往後不必再擔憂了。」

雪莉不安地說：「你千萬別把亨利的話放在心上。」

「我當然不會把亨利的話和作為放在心上，我怎能那樣？完全失能本來就很可怕，何況是像亨利這樣的人，如果他想發洩，就讓著他吧。」

「噢，蘿拉，你真的很能體諒……」

「當然。」

雪莉鬆了口氣，直到今早，她都不了解自己活得有多麼緊繃。

第九章

理查·威汀爵士出國前，跑了一趟貝布里。

雪莉早餐時讀著他的信，然後轉給蘿拉。

「理查·威汀，就是那位旅行家嗎？」

「是的。」

「我不知道他是你朋友。」

「呃……他是的，你會喜歡他。」

「他最好能過來一起吃午飯，你跟他很熟嗎？」

雪莉表示：「有段時間，我以為自己愛上他了。」

「噢！」蘿拉很訝異。

她揣想著……

理查比預期中早到一點，雪莉在陪伴亨利，便由蘿拉接待，帶他到花園裡。

蘿拉當下心想：「這才是雪莉該嫁的男人。」

蘿拉喜歡他的寡言、溫柔、悲懷，以及散放的威嚴。

唉！如果雪莉從未遇見那個魅力十足、朝三暮四、鐵石心腸的亨利就好了。

理查．威汀客氣地詢問病人的狀況，談了一會兒後，理查表示：「我僅見過亨利兩次，但我並不喜歡他。」

接著他貿然問道：「當初你為何不阻止雪莉嫁他？」

「我阻止得了嗎？」

「應該能找到辦法吧。」

「可以嗎？我懷疑。」

兩人都不覺得一下子便談得如此私密有何不妥。

理查正色道：「順便告訴你，怕你沒猜到，我非常愛雪莉。」

「我想也是。」

「反正沒用了，雪莉這下子永遠不會離開那傢伙了。」

蘿拉淡淡說道：「你能期待她離開嗎？」

「不能，否則她就不是雪莉了。」接著理查又說，「你覺得雪莉還愛他嗎？」

「不知道，她當然是很同情亨利的。」

「亨利能承受嗎？」

「不能。」蘿拉罵道，「他不是能忍耐吃苦的人，根本就……拿她出氣。」

「王八蛋！」

「我們應該替他難過。」

「我不是不同情他，但亨利總是虐待雪莉，這事大家都知道，你知道嗎？」

「她從來不提，我當然有聽到閒言閒言。」

「雪莉非常忠貞，」他說，「徹底的死心眼。」

「是的。」

沉默片刻後，蘿拉突然聲音嘶啞地說道：「你說得對，我應該阻止他們結婚的，她當時太年輕，沒時間想清楚。是的，我錯得太離譜了。」

他粗聲說：「你會照顧她吧？」

「雪莉是世上我唯一在乎的人。」

他說：「瞧，她要過來了。」

兩人望著雪莉穿越草坪朝他們走來。

理查說：「她好蒼白削瘦，可憐的孩子，我心愛而勇敢的孩子。」

❖

用過午飯後，雪莉陪理查到河邊散步。

「亨利睡了，我可以出來一會兒。」

「他知道我來嗎？」

「我沒告訴他。」

「很辛苦嗎？」

「呃……相當辛苦，我說什麼或做什都無法幫他，那是最糟糕的一點。」

「你不介意我跑來這兒？」

「如果你是來……道別的話，就不介意了。」

「我就是來道別的。現在你永遠不會離開亨利了？」

「是的，我永遠不會離開他。」

理查停下來拉住她的手。

「親愛的，我只想說一件事，假若你需要，任何時候都行，只要捎一個字給我：『來』，我便會從天涯海角趕過來。」

「親愛的理查。」

「我們就此別過了，雪莉。」

他擁住她，雪莉乾枯疲累的身子一顫，再度充滿活力，她狂烈而絕望地吻著他。

「我愛你，理查，我愛你，我愛你……」

接著她喃喃低語：「再見了。不，別跟過來……」

她抽身奔回家，理查．威汀咬牙詛咒，他痛咒亨利．葛林—愛德華斯，以及那個叫脊髓灰質炎的病。

❖

博達克先生臥床不起，更糟的是，他痛恨照顧自己的那兩位護士。

蘿拉的探訪，是一天當中唯一令他開心的時候。

值班的護士識相地離開了，博達克跟蘿拉數落護士的不是。

他尖著假音罵道：「笨到不可收拾，『咱們今早還好嗎？』我告訴她說，今早一直只有我一個人。另一個大餅臉光會咧嘴笑，跟猴兒一樣。」

「博弟，你這樣太沒禮貌了吧。」

「去！護士臉皮都很厚，才不在乎呢。她們就只會搖著手指說：『你很皮喔！』我真想把那女的丟到油鍋裡！」

「別太激動，對你不好。」

「亨利怎麼樣？還是很難侍候嗎？」

「亨利簡直就是惡魔！我很想同情他，卻辦不到。」

「女人哪！真是沒心肝！你們對死掉的小鳥充滿同情，對活在煉獄的人卻鐵石心腸。」

「活在煉獄的人是雪莉，他只會……拿她出氣。」

「那是當然的，他也只能拿她出氣，遇到困境時若無法拿老婆出氣，要老婆做啥？」

「我真的很怕雪莉會崩潰。」

博達克不屑地說：「雪莉才不會，她非常堅強、勇敢。」

「她承受極大的壓力。」

「想當然耳。唉，是她自己要嫁的。」

「她又不知道亨利會得脊髓灰質炎。」

「即使知道了，也阻止不了她！我怎麼聽說有個半途殺出來的程咬金，跑來道別什麼的？」

「博弟，你消息怎麼那麼靈通？」

「耳朵豎直一點就好了，如果不能從護士嘴裡探到一點地方八卦，要護士幹嘛？」

「是旅行家理查・威汀。」

「噢，是了，是個很不錯的傢伙，戰前草草娶了個虛華的鬧街女人，戰後不得不將她休了。我想他大概深受打擊——笨蛋才娶那種女人，這些理想主義者！」

「他人很好，非常好。」

「你喜歡他嗎？」

「雪莉應該嫁給他才對。」

「噢，我還以為你喜歡他哩，可惜。」

「我一輩子不嫁人。」

「又胡說了。」博達克罵道。

❖

年輕醫生表示：「你應該離開一陣子，葛林—愛德華斯太太，你需要休息，出去走走。」

「我哪裡走得開。」雪莉不高興地說。

「我可警告你，你快累垮了。」葛瑞夫醫生語重心長地表示，「若不小心點，會完全崩潰。」

雪莉仰頭大笑。「我不會有事的。」

醫生懷疑地搖頭說：「葛林—愛德華斯先生是個非常難纏的病人。」

「如果他能合作一點就好了。」雪莉說。

「是啊，他看什麼都不順眼。」

「你覺得我對他有不好的影響嗎？我……會激怒他嗎？」

「你是他的安全閥，真是太辛苦你了，葛林—愛德華斯太太，相信我，你非常稱職。」

「謝謝你。」

「安眠藥讓他繼續服用，藥量雖然很重，但他在鬧了一天後，晚上得好好休息。記住了，別把藥放在他拿得到的地方。」

雪莉慘著臉問：「你認為他會……」

「不不不，」醫生忙不迭地打斷她說，「他不是那種會自殺的人，我知道他有時會想不開，但都只是歇斯底里的氣話。這種藥的危險性在於半昏迷時，會忘記自己吃過藥而又吃一次。所以請小心點。」

「我一定會的。」

雪莉和醫生道別後回到亨利身邊。

亨利心情正糟。

「醫生說什麼？一切都很順利！病人或許有點煩人，但不必太擔心！」

「噢，亨利。」雪莉跌在椅子裡，「你能不能有時……稍微溫柔一點？」

「對你嗎？」

「是的，我累了，我好累好累，如果你有時能溫柔些就好了。」

「你有什麼好抱怨的，變成廢物的又不是你，你好得不得了。」

「你以為我好得不得了？」雪莉問。

「醫生是不是勸你離開？」

「他說我該換個環境，休息一下。」

「你打算離開對吧！到南部伯恩茅斯去玩一個星期！」

「不，我不會去的。」

「為什麼？」

「我不想離開你。」

「老子才不在乎你去不去，你對我有啥屁用？」

「我好像真的一點用也沒有。」雪莉淡淡地說。

亨利煩躁地扭著頭。

「安眠藥呢？你昨晚根本沒餵我。」

「我有。」

「才沒有，我醒來討藥吃，那個護士騙我說我吃過了。」

「你吃過，自己忘了。」

「你今晚要去牧師家聚會嗎？」

「你若不要我去，我就不去。」雪莉說。

「噢，你最好去吧！否則每個人都會罵我自私，我跟護士說她也可以去。」

「我留在家裡吧。」

「不需要，蘿拉會照顧我。真好笑，我從來不喜歡蘿拉，但生病後，總覺得她有股讓人平靜的力量。」

「是啊，蘿拉向來如此，能賜與你某種力量，她比我強，我似乎只會惹你生氣。」

「你有時的確滿煩的。」

「亨利……」

「怎樣？」

「沒事。」

她去牧師家的牌會前先進房察看，以為亨利在睡覺。雪莉含淚彎身檢視，就在她轉身離去時，亨利拉住她的衣袖。

「雪莉。」

「是的，達令？」

「雪莉……別恨我。」

「恨你？我怎會恨你？」

他喃喃說：「你蒼白削瘦……我讓你累壞了，我無法克制……克制不了。我一向憎恨病痛。參戰期間，我並不怕戰死，但從不了解別人怎能忍受燒傷、肢殘……或殘廢。」

「我知道，我了解……」

「我知道自己很自私，可是我會變好，我是指心地會變得更好，即使身體無法改善。我們也許還能一搏——戰勝一切——如果你能耐住性子，別離開我。」

「我永遠不會離開你，永遠不會。」

「我愛你，雪莉……我真的愛你……真的。除了你，沒有別人——將來也不會有。這幾個月你是如此體貼有耐性，我知道自己非常難搞。告訴我你會原諒我。」

「沒什麼需要原諒呀，我愛你。」

「人就算癱了，還是可以享受生活。」

「我們會的。」

「實在看不出要怎麼做！」

雪莉顫聲說：「總可以享受美食吧。」

「還有喝酒。」亨利說。

他淡淡地露出昔日的笑容。

「還可以解數學題。」

「我喜歡猜字遊戲。」

他說：「我明天一定又會亂鬧脾氣。」

「我想也是，但我不介意了。」

「我的藥呢？」

「我會拿給你。」

亨利乖乖服藥。

「可憐的老莫莉。」他突然說。

「怎會突然想到她？」

「我想到第一次帶你去她家，你穿著黃色條紋洋裝。我應該更常去探望她的，可是她真的很無趣，我痛恨無聊。現在輪到我變得乏味了。」

「不會，你並不乏味。」

蘿拉在樓下客廳喚道：「雪莉！」

雪莉吻了一下亨利，滿心歡喜地衝下樓，覺得勝利而歡愉。

蘿拉在樓下大廳表示護士已經先走了。

「噢，我遲到了嗎？我用跑的。」

雪莉跑下車道，回頭喊道：「我已經給亨利吃過安眠藥了。」

但蘿拉已經回到屋裡，將門關上了。

第三部

陸維林

一九五六年

第一章

陸維林．柯納斯打開旅館百葉窗，讓清甜的夜氣灌入房內。樓下是明亮的小鎮燈火，再過去則是海港的燈光。

這是陸維林數週以來首次感覺輕鬆平靜，或許他能在這座島上停頓、休息，為將來做準備。未來的前景輪廓雖有，細節卻含糊未明，他已度過焦慮、空虛、倦乏的時期了。不久，應該不用太久，他就能重新出發，展開更單純輕鬆的日子，過著與其他人相同的生活了。只是，他遲至四十歲才開始這麼做。

陸維林走回房間，房中家具極為簡單，但十分潔淨。他洗淨手臉，拿出幾件私物，然後離開寢室，步下兩段階梯，來到旅館接待廳。櫃檯後的服務人員正在寫東西，他抬眼客氣地看了陸維林幾眼，但未表示任何興趣或好奇，又低頭工作了。

陸維林推開旋轉門，來到街上，溫暖的空氣飄著淡淡的溼香。

這裡絲毫沒有熱帶地區的慵懶無力，溫度適足以讓人釋壓。此地沒有緊湊的文明節奏，人在島上，彷彿回到古時那種自顧自地、不疾不徐慢慢做事的時代，但該做的都照應到了。這裡也有貧窮、痛苦和疾病，卻沒有高度文明社會的緊張匆忙，以及對明日的煩憂。職業婦女冷硬的面容、嚴峻而巴望子女成龍成鳳的母親、商業主管不停地為競爭求勝的疲憊灰色臉孔，以及掙扎求生，或為明日奮鬥而汲汲營營、緊張倦怠的面容——這些都無法從擦肩而過的人們身上看到。大部分島民只是客氣地看他一眼，尊他為外客，然後又飄開眼神，幹自己的活了。他們步履悠緩，像是在享受空氣。即便要去某個地方，亦不見匆忙。今日未畢的事，明天可以再做；等候朋友時，多等一會兒無妨。

陸維林覺得這裡的人嚴肅而有禮；他們不常笑，並非心情難過，而是因為遇到好笑的事才笑，微笑在此地不是社交工具。

一名抱著嬰兒的婦人朝他走來，發出機械而了無生氣的乞討聲。陸維林不懂她說什麼，但婦人伸出的手和伴隨的憂傷語氣讓人一目了然，陸維林在婦人手中放了一個小銅板，婦人同樣用機械的態度謝過離去。寶寶靠在婦人肩上睡著了，看起來照顧得很好，婦人雖面露倦容，卻不至於枯槁。陸維林心想，說不定她並不匱乏，只是以行乞為業罷了。她乞討得熟稔又有禮，足以為自己和孩子掙得溫飽。

陸維林繞過街角，沿陡街往海港行去。兩名並肩而行的女孩迎面高聲笑著，從他身邊經過，連頭都不回，顯然知道有四名年輕人跟在她們身後稍遠的地方。

陸維林忍不住笑了，心想，這應該就是島上追求女孩的模式了。女孩們黝黑健美，然而青春易逝，或許再過不到十年，她們看來就會像那個倚在丈夫臂上蹣跚地上坡、體態臃腫但開朗自信的婦人了。

陸維林繼續沿通往港口的陡斜窄街走去，港邊的咖啡店有寬敞露台，人們坐在露台上喝著小杯的豔色飲料。咖啡店前人來人往，大家都把陸維林視為外來客，但並未展現太大的興趣，島民已經很習慣外國人了。船隻進港，外國人便上岸，有時待幾個小時，有時住下來，但通常不會待太久，因為旅館很普通，島上又無處可去。他們的眼光似乎在說，他們並不在乎外國人，因為這些外來者與島民的生活毫無關係。

陸維林不自覺地放慢步伐。他原本步履健捷豪邁，態度安逸從容，有如確知自己將前往某個確切的地點。

此時的陸維林，並未打算趕赴任何地點，他只讓身體隨著意念動作，夾在人群裡晃著。

陸維林憶及過去數個月的無所事事，以及那溫馨愉快、與四海共融的強烈感受。那種民胞物與、感其所受的感覺，幾乎無可形容——沒有目標、計算，遠離利害，無所謂施受，不忮求回報的愛與友情。或許有人會說，這是一種最寬容無私，卻無法長久的大愛。

陸維林自己就常聽到或誦念這句話：「願上主垂憐，庇佑我等眾人。」

原來人類也能擁有上帝的情懷，只是無法久長罷了。

陸維林突然恍悟，原來這就是上帝對他的補償、對未來的應允。過去十五年，甚至更久，他一直無法與人共融，特立獨行地投注於福音工作。如今光環消褪，體力耗罄，他終於可以回歸人群，不再需要為上帝服役，只需過自己的日子就好了。

陸維林走到路邊的咖啡館。他挑了裡邊一張靠著後牆的桌子，以便觀賞其他客桌、街上的行人，及人群後方的海港燈光和泊船。

侍者為他送上餐點，用溫柔如樂的聲音問道：「你是美國人吧？」

是的，陸維林表示，他是美國人。

侍者嚴肅的臉龐露出溫和的笑意。

「我們這裡有美國報紙，我幫你拿。」

陸維林目送他離去。

侍者一臉驕傲地拿著兩份有插畫的美國雜誌回來。

「謝謝。」

「不客氣，先生。」

陸維林發現，那已是兩年前的舊雜誌了，忍不住又開心了起來，這表示本島與世隔絕，應該不會有人認出他吧。

陸維林闔著眼，想起過去幾個月大大小小的事。

「你是……？我就說我認得你嘛……」

「噢，你就是柯納斯醫生吧？」

「您是陸維林．柯納斯嗎？噢，我聽到消息時，真的覺得好難過……」

「我就知道一定是你！柯納斯醫生，你有什麼打算？那場病太可怕了，聽說你在寫一本書是嗎？但願如此，有什麼信息要傳遞給我們的嗎？」

諸如此類的情節出現在船上、機場、豪華旅館、隱密的旅舍、餐廳裡或火車上。被人指認、提問、同情、巴結——是的，那是最困難的部分，女人……以巴結的眼神崇拜他的女人。

當然還有新聞媒體了，即使現在，他仍是新聞人物。（幸好這種狀況不會維持太久。）他要面對許多粗魯無禮的問題：你有什麼打算？現在你是什麼感覺？你會不會覺得……？有信息要傳達給我們嗎？

信息、信息，總是要他傳信息！給某某雜誌讀者的信息、給國人、給男男女女、給世界的信息……

但他從來沒有信息要給，他是福音的傳訊者，這完全是兩碼事，但似乎沒有人能了解。

他需要的是休息——休息與時間。用時間去接納自己的本質和該做的事；用時間整理思緒，在四十歲重新出發，過自己的人生。他得釐清陸維林・柯納斯這個男人，在傳福音的十五年間發生了什麼事。

他啜飲小酒，觀看人群、街燈、海港，覺得這裡應該是沉澱的好地方。他要的不是沙漠的孤絕，他希望與人接觸。他沒有隱士或苦修者的天性，不是出家的料。他只想釐清陸維林・柯納斯是誰、本質是什麼就好了，一旦弄清楚後，便能再次邁向未來，展開生活。

或許一切都歸結到康德[16]的三個問題：

我了解什麼？

我能期望什麼？

我該做什麼？

這幾個問題，他只答得出第二項。

侍者回來站到他桌邊。

「雜誌不錯吧？」他開心地問。

陸維林笑了。

「是的。」

「可惜有點舊。」

「沒關係。」

「是呀，一年前的好東西，現在還是很好。」侍者用平靜篤定的語氣說。接著又表示：「你是搭船來的嗎？聖塔瑪格莉號？停在外頭的那艘嗎？」

侍者朝碼頭斜點著頭。

「不是。」

「船明天十二點又要出航了，對嗎？」

「也許吧，我不清楚，因為我會留下來。」

「啊，你是來玩的呀？遊客都說這裡很美，你要待到下一班船進港嗎？留到週四？」

「也許更久，我會在這兒住一陣子。」

「啊，你在這邊有事得處理！」

「沒有，我在這兒沒事。」

「通常人們不會在這裡久住，除非有事，他們說旅館不夠好，而且又沒事可幹。」

「這裡可以做的事應該不會比其他地方少吧？」

「對本地人來說，是的，我們在這裡工作、居住，可是外地人就不一樣了，雖然也有外國人在此定居，例如威汀爵士，他是英國人，在本島有一大片土地，是他舅公留下來的。爵士現在定居島上，還寫書。他是位極受尊崇的名人。」

16 康德（Immanuel Kant, 1724-1804），德國哲學家。文中的三個問題源自康德於一七八一年出版的《純粹理性批判》（*Critique of Pure Reasson*）。

「你是指理查．威汀爵士嗎？」

侍者點點頭。

「沒錯，他就叫這名字，這裡的人認識他很多年啦，戰時他沒法來，但戰後就回來了。他還會畫畫，島上有不少畫家，有個法國人住在聖塔多米雅的小屋，還有個英國人跟他老婆住在島的另一側，他們很窮，他的畫風很怪，太太也會刻石雕像……」

他突然中斷，奔向前，到角落一張預約桌邊拉開收起來的椅子，對一位往桌邊行去的少婦鞠躬表示歡迎。

女子對他微笑致謝，一邊坐下，她並未點菜，但侍者立即自動走開。女子用手肘抵住桌面，凝望海港。

陸維林訝異地看著這個女人。

她跟街上許多婦人一樣，裹著繡有花邊的綠底西班牙披肩，但陸維林非常確信她應該是美國人或英國人。這個漂亮的金髮美女在咖啡館的客人中顯得格外亮眼。她的桌子被大片紅色九重葛半掩住，桌邊的人一定有種從綠葉繁密的洞穴中窺探世界的感覺，尤其是那些船燈及映在港灣中的倒影。

女子定定坐著，被動地等待。不久侍者為她端來飲料，女子默默微笑致謝，捧起玻璃杯，繼續望著海港，偶爾啜一口酒飲。

陸維林發現她戴了戒指，一手是單顆的祖母綠，另一手是一堆碎鑽。女子在異國風情的披肩下，穿了高領的素黑洋裝。

她全然無視四周的客人，其他人也頂多瞄她一眼，不特別關注，顯然她是店裡的常客。

陸維林猜想著女子的身分，因為像她這種階級的年輕女性，沒有任何伴陪地獨坐此處，實在頗為異樣，然而她看來卻十分習以為常，或許不久就會有人過來陪她了吧。

時間流逝，女子仍獨坐桌邊，偶爾點頭示意，要侍者為她送上另一杯酒。

近一小時後，陸維林準備結帳離去，當他從女子椅邊經過時，望了她一眼。

她似乎無視陸維林及四周的狀況，只是盯著玻璃杯，再望向大海，表情始終未變，彷彿置身他方。

陸維林離開咖啡店，沿著回旅館的窄路爬坡時，突然有股折回去的衝動，想跟她說話，警告她。他為什麼會想到「警告」這兩個字？為什麼會覺得她有危險？

陸維林甩甩頭，此刻他什麼也不能做，但他卻十分肯定自己是對的。

❖

兩個星期後，陸維林．柯納斯仍在島上，他的日子已形成一種模式：散步、休息、讀書、再散步、睡覺。晚餐後，他會到海港邊找間咖啡館坐。不久，他便把閱讀從日常作息中剔除，因為他已無書可讀了。

現在他一人獨居，陸維林知道本就應該如此，但他並不孤單，他處於人群間，與眾人並存，即便他從未與他們交談。他不刻意與人接觸，也不迴避；他跟許多人聊天，但都僅止於客套地寒暄。人們祝他平安，他也祝眾人健康，但雙方都不想干涉對方的生活。

然而在疏淡宜人的友好關係中，卻有一個例外。陸維林總在猜想那女子會不會到咖啡館，坐在九重葛下。陸維林雖會光顧海港前的不同店家，卻最常到他初訪的那家店。他在這裡見過那英國女子好幾次，她總是深夜才到，坐在同一張桌子，陸維林發現她會待到幾乎所有人都離開為止。女子對他而言是個謎，但其他人顯然都認識她。

有一天，陸維林跟侍者談到她。

「坐在那兒的小姐是英國人嗎？」

「沒錯，是英國人。」

「她住島上？」

「是的。」

「她不是每晚來吧？」

侍者正色道：「她能來的時候就來。」

後來陸維林覺得這個回答頗詭異。

他沒有探問女子的姓名。侍者若想讓他知道，自然會告訴他。侍者會說：「她就是住在某地的某某小姐。」既然侍者沒說，陸維林推想必有不便之處。

陸維林問：「她喝的是什麼？」

侍者簡短地答道：「白蘭地。」然後便離開了。

陸維林付過酒錢，道了晚安，穿過餐桌，在人行道上佇立片刻，然後才加入夜裡的人群。

接著他突然扭身，像個堅定的美國人，大步走到紅色九重葛旁的桌子，說道：「你介意我坐下來跟你聊一會兒嗎？」

第二章

她的眼神極其緩慢地從海港的燈火收聚回來，然後張大眼，茫然地望了他一會兒，陸維林感覺她努力想將飄忽的心思拉回。

陸維林突然對她生出同情，因為女子實在非常年輕，除了年紀輕（依他判斷，約莫二十三、四歲），還有種未成熟的稚氣，彷彿正要綻放的玫瑰花苞硬生生被冰霜凍住了。表面看似正常，但卻再也無法繼續成長，花苞不會枯萎，只會含苞落地。陸維林覺得她看起來像迷途的孩子，卻也非常欣賞她的美貌。女子真的很美，男人一定會想幫助、保護、疼愛她，可說是占盡各種優勢。然而她卻坐在這裡，愣愣望著遙不可測的遠方，沉浸在遺失了的幸福裡。

她張大深藍色的眼睛打量陸維林，不甚確定地說：「噢？」

陸維林等著。

然後她微微一笑。「請坐。」

陸維林拉過椅子坐下。

她問：「你是美國人嗎？」

「是的。」

「是從船上下來的嗎？」

他再次望向海港，碼頭邊有艘船。碼頭上幾乎時時有船。

「我確實是搭船來的，但不是那艘，我到這裡已經一、兩個星期了。」

她表示：「大部分的人不會待那麼久。」

那是結論，而非疑問。

陸維林招來侍者。

他點了杯香橙酒。

「我能為你點什麼嗎？」

「謝謝你，」她說，然後又補上一句，「他知道我要什麼。」

男侍點頭離開了。

兩人默默坐了一會兒。

女子終於說道：「我猜你很寂寞吧？這裡美國人或英國人不多。」

陸維林知道她在猜測自己為何與她攀談。

他立即答道：「不，我並不寂寞，我其實很喜歡獨處。」

「噢，一個人真的很不錯，對吧？」

她熱情的語氣令他詫異。

「我懂了，」他說，「所以你才跑來這裡？」

她點點頭。

「來這裡獨處，結果被我壞了好事？」

「不會的，」她說，「沒關係，因為你是陌生人。」

「原來如此。」

「我甚至不知道你叫什麼。」

「你想知道嗎？」

「不想，最好別告訴我，我也不會告訴你我叫什麼。」

她懷疑地又說了一句：「不過也許別人已經告訴你了，咖啡館裡每個人都認識我。」

「不，他們沒提，我想他們曉得你不想讓人知道。」

「他們很貼心，人都好客氣，這不是硬學來的，而是本色天性。我直到來島上，才相信發乎自內心禮貌是如此美好而正面。」

侍者為兩人端來飲酒，陸維林付了帳。

他看著女子捧在手裡的玻璃杯。

「白蘭地嗎？」

「是的，白蘭地很有幫助。」

「有助於讓你感覺孤獨嗎？」

「是的，讓我覺得……自由。」

「你不自由嗎？」

「有誰是自由的？」

陸維林想了一下，女子的語氣並不苦澀，而是十分的平常心，只像是在問一個簡單的問題。

「你是不是覺得，人的命運是注定的？」

「不，我並不這麼想，不完全是。我可以理解那種命運被安排好、只要像船隻一樣遵循航向、順命而為就好的感覺。但我更像一艘突然偏離航道的船隻，不知身在何處，只能任大海狂風擺布，困在迷惘中無法自拔。」她又表示：「我在胡言亂語了，大概是白蘭地作祟。」

他同意道：「一定是白蘭地的關係。酒把你帶往何處？」

「噢，遠離這裡，就這樣而已，遠遠離開……」

「你到底想遠離什麼？」

「沒什麼，什麼都沒有，怪就怪在就這裡。我是個什麼都不缺的好命人。」她鬱鬱地說，「擁有一切……噢，我也有悲傷失落的時候，但與那無關。我不會緬懷過去，不耽溺往昔，我並不想回頭也不想往前走，我只是想出走到某個地方。我坐在這裡喝白蘭地，讓自己神魂出遊，遠遠飄出海港，到某個並不存在的虛境裡。就像小孩夢見飛翔一樣，沒有重量地輕盈飄浮著。」

她的眼神再次渙散起來，陸維林看著她。

不久，她微微驚跳地回過神。

「對不起。」

「別勉強收神，我要走了。」陸維林起身道，「我能偶爾過來坐下跟你聊一聊嗎？你若不想被打擾，直說無妨，我能理解。」

「不會的，我喜歡你陪。晚安了，我還不想回去，因為我不是每次都能來。」

❖

約莫一週後，兩人才又聚首談話。陸維林一坐下，女子便說：「很高興你還沒離開，我還擔心你可能已經走了。」

「我還不打算走，時機還沒到。」

「你離開這裡後要去哪裡？」

「不知道。」

「你是說，你在等命令嗎？」

「也可以這麼說，是的。」

她緩緩表示：「上回我們淨聊我的事，都沒談到你。你為什麼跑到島上？有什麼理由嗎？」

「也許跟你喝白蘭地的理由一樣，為了逃離，我想離開人群。」

「是一般大眾，還是指特定的人？」

「不是一般大眾，我是指認識我，或知道我過去的人。」

「是不是……發生過什麼事？」

「是的，是出過事。」

她傾身向前探問。

「你跟我一樣？有事將你推離了航道嗎？」

他近乎用力地搖著頭說：「沒有，完全沒有，而是我的生活模式起了本質上的重大變化。」

「可是你剛才說人群……」

「是這樣的，人們並不了解，他們替我難過，想將我拉回原狀——拉回某種已經結束的狀態裡。」

她不解地蹙著眉。

「我不太……」

陸維林笑道：「我以前有份工作，現在……失業了。」

「是很重要的工作嗎？」

「我也不清楚。」陸維林凝思道，「我本以為很重要，但誰知道什麼叫重要呢？人不能太倚重自己的價值觀，因為價值觀都是相對的。」

「所以你放棄那份工作了？」

「不。」他再次展露笑容，「我被解聘了。」

「噢。」她嚇了一跳，「你……介意嗎？」

「噢，是的，我介意得很，任何人都會，但現在都過去了。」

她對著自己的空杯皺眉，一轉頭，等在一旁的侍者當即換上一杯滿酒。

她喝了兩口後說：「能問你一件事嗎？」

「請說。」

「你認為快樂非常重要嗎？」

陸維林考慮了片刻。

「這問題很難回答，假如我說快樂非常重要但也無足輕重，那你一定會認為我瘋了。」

「能說清楚些嗎？」

「嗯，其實頗像性愛，性非常重要，卻又無足輕重。你結婚了嗎？」

他注意到她指上的細金戒。

「結過兩次。」

「你愛你丈夫嗎？」

陸維林刻意用單數。她坦白答道：「以前我愛他勝過世上一切。」

「當你回顧跟他在一起的日子時，最先想到什麼？你永遠不會忘記的時刻？是你們第一次同床共眠，或其他事情？」

她突然笑出聲，開心地說：「他的帽子。」

「帽子？」

「是呀，我們度蜜月時，帽子被風吹走了，他買了一頂當地人戴的可笑草帽，我說帽子更適合我，便拿來戴上，然後他戴上我的女生花帽，兩人彼此相覷，哈哈大笑。他說，所有旅行的人都會交換帽子，接著他說：『天啊，我好愛你……』」她聲音一頓，「我永遠也忘不了。」

「瞧吧，」陸維林說，「美妙的是那些彼此相屬、甜蜜永恆的時刻，而不是性，然而性生活若不美滿，婚姻就會完全走樣。同理，食物很重要，缺了便無法存活，然而只要吃飽了，食物不需占據太多心思。快樂是一種生命糧食，能激勵成長，是個良師，但快樂並非生命的目標，快樂本身也非一種圓滿。」

他柔聲說：「你想要的是快樂嗎？」

「不知道，我應該要快樂的，我擁有一切快樂的條件。」

「但你想要更多？」

「更少，」她很快地答道，「我希望生活能更簡單，一切都太多了。」

她出乎意料地又說：「太沉重了。」

兩人默坐良久。

女子終於開口：「假如我能知道——至少知道自己真正想要的是什麼，而不那麼負面、愚昧就好了。」

「其實你知道自己要什麼——你想逃開。你為何不逃？」

「逃？」

「是的，有什麼原因阻止你嗎？是錢嗎？」

「不是錢的問題，我有錢，雖然不多，但也夠用了。」

「那是什麼原因？」

「很多事，你不會了解的。」她突然勾出一抹哀愁的淺笑，「就像契訶夫[17]筆下的三姊妹一樣，總是嚷著要去莫斯科，但終究沒成行；其實她們隨時都能去車站搭車到莫斯科！我也大可買張票，搭上那艘今晚出航的船。」

「你為什麼不那麼做？」

陸維林看著她。

「你知道答案的吧。」她說。

陸維林搖搖頭。

「我不知道答案，我想幫你找到答案。」

「或許我就像那三姊妹，其實並不想走。」

「有可能。」

「也許逃避只是我的白日夢。」

「有可能，我們都會藉幻想來忍受眼下的日子。」

「而逃避就是我的幻想嗎？」

「我不清楚，但你知道。」

「我什麼也不知道，什麼都不了解。我曾擁有許多機會，卻做錯了。當你犯了錯，就得承擔一切，不是嗎？」

「我不知道。」

「你非得不斷地重複那句話嗎？」

「對不起，但那是事實，你這是要求我對一無所知的事下結論。」

「承擔後果是一般性原則。」

「沒有所謂一般性原則這種東西。」

「你的意思是，」她瞪著陸維林，「沒有絕對的對與錯？」

「不，我不是那個意思，當然有絕對的是與非，但那已超越我們的知識與理解範疇，我們僅略懂皮毛而已。」

「但人總該知道什麼是對的吧？」

「你是從既定的規範中學習是非，或進一步透過直覺去感知是非，但即便如此，仍很粗淺。」

17 契訶夫（Anton Chekhov, 1860-1904），俄國作家兼劇作家，《三姊妹》是他於一九〇〇年寫就的劇作。

執行火刑的不是虐待狂或殘暴的畜生，而是那些道德狂熱分子和飽學之士。去讀古希臘的一些訴訟案件吧，有個男子拒絕讓他的奴隸按照慣例受酷刑逼供，結果被視為藐視司法公義。美國有位激進的牧師因三歲的兒子不肯禱告，而將他毆打至死。」

「太可怕了！」

「沒錯，因為時間改變了我們的想法。」

「那我們能怎麼辦？」美麗的女子迷惘地靠向他問。

「遵循自己的方式，抱持謙卑與希望。」

「遵循自己的方式，是的，這點我明白，但我的方式……不太對。」她笑說，「就像毛衣，織著織著，發現前面一長段落掉一針。」

「那我就不懂了，」他說，「我從沒織過毛衣。」

「何不給我一個選擇？」

「選擇向來只有一個。」

「然後呢？」

「而且那選擇可能已經影響你了……我覺得你很容易受影響。」

她臉色再次一沉。

「是的，也許錯就錯在這兒。」

他等了一會兒，然後平靜地問：「究竟出了什麼問題？」

「沒問題。」她絕望地看著陸維林，「我已擁有任何女人想要的一切。」

「你又開始逃避了，你不是任何女人，你是你，你已擁有自己想要的一切了嗎？」

「是的，是的，是的！愛情、溫柔、富貴、秀麗的環境和良伴，所有的一切，一切我會為自己選擇的東西。不，問題在我。我自己有毛病。」

她挑釁地看著陸維林。奇怪的是，當她聽到陸維林坦誠的回答時，反而感到安慰。

「噢，是的，你顯然是很有問題。」

❖

她推開酒杯說：「我能跟你談自己的事嗎？」

「如果你想的話。」

「因為我若說了，或許能明白哪個環節出錯，我想應該會有幫助。」

「是的，有可能。」

「我這輩子過得很平順，擁有快樂的童年、和樂的家庭。我去讀書，做一般人會做的事，大家都對我很好；說不定若有人對我惡劣些，反而對我比較有益。我被寵壞了嗎？不，我並不這麼認為。畢業返家後，我開始打網球、跳舞、認識些年輕人，思索著要做什麼工作……反正都是些平凡的事。」

「聽起來相當順遂。」

「接著我戀愛、結婚了。」她的語氣略變。

「然後過著幸福快樂的……」

「並沒有。」她語氣凝重，「我很愛他，但經常不快樂。」她又說：「所以我才會問你，快樂真的那麼重要嗎？」

她頓了一下，接著說：「真的很難解釋，我雖然不太快樂，卻又不甚在意，因為是我自己的選擇與所要，我不是盲目走進婚姻的。當然，我將他理想化了，人都會這樣。現在回想，有天早晨我很早醒來，大約五點左右，天亮之前。你不覺得那是個讓人清醒的時刻嗎？當時我看清了未來的光景，我知道自己無法真正快樂，認清了他迷人開朗的外表下，自私粗暴的本質，但也認清自己無可救藥地愛上他的活力四散，我寧可不快樂地守著他，也不願過著沒有他的靜好歲月。我若運氣夠好、夠聰明，應能守住我們的婚姻。我接納自己愛他更甚於他愛我的事實，我不該強人所難地對他多做要求。」

她停了一會兒，接著說：「當然了，當時我並未想得這麼通透，現在所說的，在當時只是一種感覺，但非常實在。我回到他身邊，幻想他種種的好，其實全是自欺。我也有清醒的時刻：看清未來，想著該選擇回頭或繼續下去。我的確曾在凜冽的清晨時分思索如此……如此可怕的事。我確實想過要逃開，但卻選擇繼續下去。」

他極其溫柔地說：「你後悔嗎？」

「不，不後悔！」她激動地說，「我從沒後悔過，我們相處的每一分鐘都值得！唯一後悔的是，他已經死了。」

女子的眼神不再呆滯、不再飄忽，渾身充滿熱情。她從桌子對面靠向陸維林。

「他死得太早了，」她說，「馬克白是怎麼說的？『她應該晚點死。』[18]我對他就是那種感覺，他應該晚點死。」

陸維林搖搖頭。

「人死的時候，我們都會那樣認為。」

「是嗎？我怎會知道，我只知道他病了，將終身殘廢，我知道他難以承受，痛恨自己的人生，把氣出在所有人身上，尤其是我。但他並不想死，儘管處境艱困，但他並不想死，所以我才會替他感到不平。他最懂得生活了，即便只剩半條命、四分之一條命，他還是能享受人生。噢！」她激動地抬起雙手，「我痛恨奪走他性命的上帝。」

女子頓住，猶疑地望著陸維林，「我不該說我恨上帝。」

陸維林平靜地表示：「恨上帝比恨人好，反正你傷不了上帝。」

「是啊，但祂卻能傷害你。」

「噢，你錯了，親愛的，是人類彼此傷害，並傷害自己。」

「然後把罪推到上帝頭上？」

「祂一向承受人類的重擔，背負我們的悲恨嗔怨，以及我們的愛。」

18 這句話出自《馬克白》（Macbeth）第五幕第五場中馬克白的獨白。

第三章

陸維林養成了下午散步的習慣，先從鎮上一條逶迤的彎道開始慢慢往上爬，直至小鎮和海灣退至腳下，在靜謐的午後顯得極不真實為止。這是午休時間，碼頭或偶爾瞥見的街道均不見喧鬧繽紛的人群。山丘上唯一見得到的是趕羊的牧童，這些小男孩兀自在陽光下哼唱，或拿小石子玩遊戲，讓陸維林能度過清幽美好的下午。他們很習慣看到汗流浹背、敞著襯衫領口、健行上山的外國人了，像這樣的外國人不是作家就是畫家，人數雖然不多，卻不算罕見。由於陸維林沒帶畫布畫架，連速寫本也無，牧童們便把他歸類成作家，客氣地對他道午安。

陸維林與他們打招呼，一邊大步邁進。

他並沒有特定的目的地，望著風景卻無心觀賞，他想著心事，還不甚明白或肯定，但隱約有了一些想法。

陸維林沿小徑走入蕉林。踏進綠林後，才驚覺一切目標或方向都須揚棄，因為蕉林不知止於何處，也不知何時何地才穿得出去。林子也許僅有一小片，也或許綿延數里，你若繼續前行，最後總會順著小徑走出去。林子的終點是既定的，由不得他。陸維林僅能決定自己的進程——選擇折回去或繼續往前行。他全然擁有充滿希望的遊歷的自由……

不久，陸維林突然穿出靜謐的蕉林，來到荒涼的山腰。下方一條順坡而下的羊腸小徑邊，有名男子坐在畫架邊作畫。

男子背對陸維林，只能見到黃色薄衫下壯碩的肩線，以及頭上那頂破舊的寬邊氈帽。

陸維林走下小徑，放慢步伐來到畫家身邊，興味盎然地看畫家作畫。這人會在人跡顯見的路徑上作畫，顯然不會介意人看。

畫作生動有力，色彩斑斕濃烈，捨細節而就塊面，雖非驚世之作，卻十分悅目。

畫家側頭笑道：「這不是我的職業，只是興趣而已。」

此人年紀介於四、五十，黑髮漸灰，十分英俊。陸維林注意的並非他的俊美，而是瀟灑迷人的氣質。男子散發一種溫和的生命力，令人一見難忘。

「太過癮了，」畫家沉思道，「將鮮麗的顏色擠到調色盤，再揮灑於畫布上，真是太痛快了！有時你知道自己要嘗試什麼，有時並不清楚，但依然十分過癮。」他抬眼瞄了一下，「你不是畫家？」

「不是，我只是剛好留在島上而已。」

「原來如此。」男子突然在藍海上抹了一道玫瑰紅，「有意思，」他說，「看起來很棒，跟我想的一樣好！」

他將畫筆放到調色盤上，嘆口氣，把破舊的帽子往後一推，然後微側過身，將陸維林看個仔細。他突然好奇地瞇起眼說：「對不起，請問你是陸維林．柯納斯醫師嗎？」

❖

陸維林戒心大起，表面卻不動聲色，只是淡淡回道：「我就是。」

一會兒之後，陸維林才意識到對方的機伶。

「我真是太笨了，」男子說，「你生過重病是吧？你到這裡來應該是想避開人群。其實你不必擔心，美國人很少來到這個島上，而本地人除了自己的家人親族，對外人的出生、死亡、結婚都不感興趣。我算例外，因為我住這裡。」

男子很快看了陸維林一眼。

「你覺得很訝異嗎？」

「是的。」

「為什麼？」

「因為……我覺得你應該不會以居住此地為滿足。」

「你說得對，當初我也不打算長住，我舅公留了一大片莊園給我，接手時簡直百廢待興，後來才慢慢開始有了樣子，挺有意思的。」他又表示：「我是理查．威汀。」

陸維林知道這個名字；一位興趣廣泛、博學多聞且涉獵考古學、人類學、昆蟲學等各領域的旅行家及作家。聽說理查．威汀爵士對任何主題都知一二，但從不以專家自居，謙遜的態度令他更添魅力。

「我聽過你的大名，」陸維林說，「其實我讀過你的幾本著作，非常喜歡。」

「柯納斯醫師，我也參加過你的佈道會，一年半前，在奧林匹亞時參加過一場。」

陸維林訝異地看著他。

「你好像很吃驚。」理查嘲弄說。

「老實講，真是嚇了一跳。你為何跑去參加？」

「坦白說，我是想去踢館的。」

「那我就不訝異了。」

「你似乎也不以為忤。」

「有什麼好不高興的？」

「你是人哪，而且你相信自己的使命——我猜是吧。」

陸維林微微一笑。

「是的，你猜得沒錯。」

理查沉默片刻後，興奮地表示：「知道嗎，在這種情況下遇見你，實在是太有趣了。自從那次佈道會後，我一直渴望見到你本人。」

「那應該不難辦到吧？」

「是不難，但你會覺得有義務見我！我希望能以不同的方式與你會面——讓你巴不得叫我下地獄。」

陸維林又笑了。

「現在條件都齊全了，我已經不再背負任何義務了。」

理查熱切地望著他。

「你是指你的健康還是觀點？」

「是功能上的問題。」

「嗯……這說法很模糊。」

對方沒回答。

理查開始收拾畫具。

「我想跟你解釋一下，我怎麼會跑去奧林匹亞聽你演說。我就實話實說了，我想你不是那種聽不得實話的人。我很不喜歡那場佈道所代表的涵義——至今想法依然沒變。那種用擴音器、大規模傳播宗教的方式，令我非常憎惡，極不舒服。」

他注意到陸維林臉上劃過一抹好笑的神色。

「你覺得這是迂腐的英國佬才會有的反應嗎？」

「噢，我能接納你的觀點。」

「我說過，我是來踢館的，被觸怒是可以預期的。」

「你還相信上帝嗎？」

陸維林的問題嘲弄意味多於嚴肅。

「不。但我的觀點基本上維持不變，我討厭看見上帝被拿來商業操作。」

「即使在商業時代，由商人來做也不行嗎？我們不是一向拿當季的水果獻給上帝嗎？」

「那也是一種觀點，但真正衝擊我的，是一件我沒預料到的事——我懷疑你的真誠。」

陸維林驚愕地看著理查。

「我以為大家都不會有這樣的疑慮。」

「現在遇見你，我相信你了，但當時並不排除只是喧鬧一場——一場撫慰人心而報酬豐厚的廟會。既有政治廟會，宗教性的廟會又何妨？像你這種舌燦蓮花的人，若肯登高一呼，或有人抬轎，必能功成名就。我想是有人在背後幫忙吧？」

這算半個問題。

陸維林嚴肅地說：「是的，我的確是登高一呼。」

「毫無保留？」

「毫無保留。」

「我最感興趣的就是這點，在我親自見到你、與你談過後，我實在不懂你怎麼會受得了？」

他將畫具扛到肩上。

「哪天到我家吃晚飯吧？與你聊天一定很有意思，我家就在那邊山頂，有綠色百葉窗的白色別墅，不過你若不願，直說即可。」

陸維林想了一會兒，答道：「我很願意去。」

「太好了，今晚行嗎？」

「謝謝。」

「那就九點鐘見，別變卦。」

理查大步走下山腰，陸維林目送他一會兒，然後繼續散步。

❖

「您要去威汀爵士的別墅呀？」

四輪馬車車夫非常好奇，他的破車漆著繽紛的花朵，馬頸上戴了藍色珠鍊，馬兒、馬車和車夫全一派輕鬆悠閒的模樣。

「威汀爵士人很好。」車夫說，「他在此地不是陌生人，算自己人啦。別墅和那片土地的主人唐．伊斯托伯年紀大了，被人騙了都不知道，他整天看書，經常有書寄到他那兒，別墅裡好幾個房間的書都堆到天花板了，一個人要那麼多書，太誇張了吧。後來他死了，大家都在猜別墅會不會賣掉。但威汀爵士來了，他小時常來島上，因為唐．伊斯托伯的妹妹嫁給英國人，她的孩子和孫子放假時會到島上來。唐．伊斯托伯死時將財產留給威汀爵士，他一繼承便立即著手整理房產，還花了不少錢。後來戰爭爆發，爵士離開了很多年，但他總說，假若他沒死就會回到這裡。之後他終於回來了，還帶著新妻子回來定居，都兩年了。」

「所以他結過兩次婚？」

「是啊。」車夫壓低嗓音說，「他第一任老婆很爛，人長得美，但老在外面偷漢子——連在島上也不例外。爵士真不該娶她，可是他很不會挑女人——爵士太容易相信人了。」

車夫近乎辯解地又說：「男人應該懂得什麼人才是可以信任的，但威汀爵士就是不會。他不懂女人，我想這點他永遠也學不會。」

第四章

男主人在長長的矮房中接待陸維林，屋中的書堆至天花板，窗戶敞開，大海輕柔的呢喃自遠方傳來，飲料便設在靠近窗邊的矮桌上。

理查開心地迎向陸維林，並為妻子未能露面致歉。

「她偏頭痛鬧得厲害，我原本希望恬適平靜的島嶼生活能讓她的病情改善，可惜效果不彰。醫生們似乎也無能為力。」

陸維林禮貌地表示慰問。

「她過去很坎坷，」理查表示，「遠超過任何女孩所應承受，而且又相當年輕——現在仍然如此。」

陸維林望著他的臉，柔聲說：「你非常愛她。」

理查嘆道：「也許是為了我自己的幸福，我愛她太過了。」

「那麼為了她的幸福呢？」

「世上沒有任何愛能彌補她受過的苦。」他激動地說。

兩名男士打從第一次見面便覺相見恨晚，兩人的國籍、家世、生活方式、信仰毫無共通之處，反而因此更能無所顧忌地接納對方。他們就像一起被放逐到孤島，或在船筏上漂流、不知何日將盡的人，像單純的孩童般率真地交談。

不久他們開始用餐，食物簡單而美味，陸維林婉拒喝酒。

「你若想喝威士忌……」

陸維林搖搖頭。

「謝謝，水就行了。」

「抱歉，不喝酒是你的原則嗎？」

「不是，其實我已不需遵循那種生活，沒有理由禁酒了，我現在只是不習慣喝酒罷了。」

他一提到「現在」，理查便突然感興趣地抬起頭。他欲言又止，然後開始閒扯些無關緊要的話題。理查很能聊，話題包山包海，他不僅遊歷八方，踏遍世界許多不為人知的地區，更能將所見所聞生動如實地傳述。

假如你想去戈壁沙漠、費贊或撒馬爾罕[19]，只要跟理查．威汀聊過，就等於去過一回了。

他不會說教或長篇大論，而是發乎情地描述。

陸維林除了喜歡聽理查談話，對他個人興趣更高。理查的魅力無庸置疑，且渾然天成，他從不故意放電，只是真情流露；他才華洋溢、聰慧而不驕矜，對各種觀念和風土人情充滿好奇。他大可致力鑽研某些特定領域，但不知為何，他從不那樣選擇，將來也不會，因此顯得特別溫暖可親。

然而，陸維林覺得這樣還是沒有解答自己的問題，一個簡單到連小孩都會問的問題：「為什麼我會如此喜歡這個人？」

答案不在理查的才華，而在於他的本質。

陸維林突然懂了，理查雖於才華洋溢，卻非常稚拙，會再三犯錯；理查溫暖仁慈的天性，讓他經常判斷失準，屢遭挫折。

他不會冷靜理性地評估人事，而是宅心仁厚地相信別人，這種基於厚道而非事實的做法注定他的失敗。沒錯，理查的缺點讓他變得可愛。陸維林心想，他就是那種我不想傷害的人。

此時兩人又回到圖書室，坐在兩張大扶手椅裡。壁爐生著火，目的不在驅寒，而在營造出溫暖的氣氛。海浪在外頭輕柔地拍打著，夜裡的花香滲入屋內。

理查坦然說道：「我一向對人感興趣，應該說，我很想知道人們的動機。聽起來會很冷酷而精於分析嗎？」

「由你說出來並不會，你的好奇是出於關心，而且你在乎人們感興趣的事。」

「沒錯。」他頓了一下後說，「如果能幫助別人，那就是世上最有價值的事了。」

「如果可以的話。」陸維林說。

理查立即看著他。

「你這麼說，是有疑慮囉？」

「不，我只是認為你的提議相當困難。」

19 撒馬爾罕（Samarkand），烏茲別克東部城市。

「有那麼困難嗎？人們不都希望受到協助？」

「是的，我們都相信自己能獲得神奇的幫助，讓我們達成自己無力或懶得達成的事。」

理查熱切地說：「同情……與信任，相信一個人的能力，往往能激發他最卓越的潛質。我一再發現，人們會對他人的信任做出回應。」

「為期多長？」

理查頓了一下，彷彿被刺到痛處。

「你可以拉著孩子的手寫字，但你終究得放手，讓孩子自己去寫，你的干預反而延遲他的進步。」

「你想破壞我對人性的信賴嗎？」

陸維林笑道：「我是在請求你同情人性。」

「但鼓勵人們竭盡其善……」

「等於逼他們活在高標準裡；符合別人的期許，反倒讓他們活在強大壓力之下。壓力太大是會壓垮人的。」

「難道我們只能期待人們表現出最差的一面嗎？」理查挖苦地問。

「我們是應該正視那種可能。」

「虧你還是神職人員呢！」

陸維林笑道：「耶穌告訴彼得，雞鳴前他會否認祂三次，耶穌比彼得更清楚他性格上的弱點，但依然非常疼愛彼得。」

「不對，」理查堅定地說，「恕我難以苟同。我第一次結婚時，」他頓了一下，然後接著說，「我前妻……原本十分善良賢淑，結果造化弄人，走了偏鋒，她只是需要愛、信賴和信任。若非戰爭爆發──」他停下來，「唉，反正戰爭中更慘的事多著呢，我離家時，她芳心苦寂，便被帶壞了。」

他又頓了一下，突然說：「我不怪她，都是我慣出來的，她是環境的受害者。當時我傷心透了，以為自己會一蹶不振，但時間撫癒了一切……」

他聳聳肩。

「我不知道幹嘛跟你提過去的事，我寧可聽你說你的生平。我從沒遇過你這種人，我想知道你的『理由』與『方法』。那場佈道令我印象深刻，不是因為你能煽動群眾──希特勒、勞合・喬治[20]都辦得到，我看多了。政客、宗教領袖和演員多少有這種本領，那是一種天賦。我真正感興趣的不是你造成的效果，而是你本身。為什麼這件事對你來說那麼值得去做？」

陸維林緩緩搖頭。

「你在問我一件連我自己也不明白的事。」

「應該是對宗教的熱情吧？」理查說這話時有點尷尬，令陸維林覺得好笑。

「你的意思是，對上帝的信仰？你不覺得這未免太單純了嗎？況且這並不能回答你的問題。信仰上帝會讓我在安靜的房裡跪禱，卻無法解釋我為何走向公開的舞台。」

理查遲疑地說：「我想，也許你覺得那樣能廣為弘道、接觸更多人。」

陸維林若有所思地看著理查。

20 勞合・喬治（David Lloyd George, 1863-1945），英國首相暨自由黨領袖。

「看你說話的樣子，你應該不信上帝吧？」

「我不知道，真的不知道。其實從某個角度來說，我是信的，我想要相信……我當然相信仁慈、扶持弱小、正直、寬恕等正面價值。」

陸維林瞅他片刻，說道：「信靠上帝、單純做個好人，確實比爭取上帝的認可來得輕鬆。獲得上帝的認同並不容易，非常艱辛而且可怕，更驚駭的是要承受得住上帝對你的重視。」

「驚駭？」

「約伯便被嚇過，」陸維林突然笑說，「那可憐的傢伙根本搞不清楚狀況，為什麼全能的上帝在秩序井然、賞罰分明的世界裡獨獨相中他。（為什麼？我們並不清楚原因，也許是約伯比同代人具備更先進的人格特質？也許是與生俱來的感知能力？）總之，其他人繼續留在賞善罰惡的體系裡，唯獨約伯被迫踏入新的境界。一生老實勤懇的約伯並未獲得成群的牛羊，反遭遇了難以承受的痛苦，他失去信仰，眾叛親離，忍受人生的旋風。後來，大概是所謂的天將降大任於斯人，必先苦其心志吧，約伯可以聽見上帝的聲音了。為什麼？好讓他認同上帝的存在。『你們要安靜，要知道我是神。』好可怕的經驗。這種人神共處的最高境界為期不長，也無法長久。約伯或許曾徒勞無功地試著描述，然而『道可道，非常道』，你不可能用有限的語言去描述無限的性靈經驗。為《約伯記》做結的人也不懂到底怎麼回事，只能體貼地順應民情，弄了個符合道德的快樂結局。」

陸維林停了一下。

「所以，你說我選擇公開佈道，是為了進一步弘道與接觸人群，實在言過其實了。佈道大會對『弘道』而言，意義並不大。何謂弘道？對人施以火刑，以解救他們的靈魂嗎？也許吧。還是將女巫活活燒死，因為她們是惡魔的化身？是有這樣的例子。幫助不幸者提高生活品質？現在我們會覺得那很重要。還是對抗殘酷與不義？」

「你應該贊同最後一點吧？」

「我要說的是，這些問題全是人的作為，何謂善惡對錯？我們是人，就得盡力找答案，因為我們得在人世間生活。然而這些都與性靈經驗無關。」

「啊，」理查說，「我明白了，原來你有過約伯的經驗。究竟怎麼回事？發生了什麼事？你小時候就知道會……」

他打住問題，然後緩緩說：「或者，你根本不懂為什麼會這樣？」

「我根本不懂。」陸維林答道。

第五章

根本不懂……理查的問題令陸維林憶及過往，遙遠的過往。

他還是孩子的時候……

山區的清爽空氣在鼻尖迴盪、輪替更迭的冬寒夏暑、關係緊密的小社區，還有他那高瘦清癯、嚴厲到近乎苛刻的蘇格蘭裔父親。父親敬畏上帝、剛正不阿，他的生活與職業雖然單純，卻極具才智；他磊落、固執，感情豐厚卻不輕易顯露。黑髮的母親是威爾斯人，她悅耳的聲音連說家常話都有如樂聲……有時到了夜裡，她會用威爾斯語背誦外祖父多年前為詩人大會編寫的詩。她的孩子只聽得懂部分威爾斯語，陸維林至今仍不懂詩文涵義，但詩的韻律仍莫名地令他渴慕。母親不若父親智性，卻有著天生的內在智慧。

她會用一對深色眼眸慢慢掃視著聚集的子女，在長子陸維林身上停留最久，眼神透著評估、疑惑和一種近乎憂懼的神色。

那眼神令陸維林不安，他會擔心地問：「怎麼了，母親？我做錯什麼了嗎？」

母親會露出溫暖撫慰的笑容說：「沒事。你真是我的好兒子。」

接著安格斯．柯納斯會突然轉過頭，先看看妻子，再看看兒子。

那是個快樂的童年，一個正常男孩的童年。陸維林的童年毫無奢華可言，事實上在許多方面還頗為斯巴達：父母嚴厲、庭訓甚嚴、要做許多家事、負起照顧四個弟妹的責任、參與社區的活動、生活虔誠而封閉，但陸維林都一一適應、接納了。

他一直希望受教育，父親也很鼓勵他。父親有蘇格蘭人對教育的崇敬，一心望子成龍，希望長子將來不只是個犁田的農夫。

「我會盡力幫你，陸維林，可是我能力有限，大部分你得靠自己。」

陸維林果然自食其力，在老師的鼓勵下一路念完大學，放假期間到旅館、營區端盤子，晚上當洗碗工。

他與父親討論自己的未來，或當教師，或做醫師，由他自己決定。他並不特別想做什麼，但兩者似乎都還算適性，最後他選擇從醫。

那些年間，難道都不曾感覺到自己的特殊使命嗎？陸維林努力回想。

現在想想，確實有，只是當時不明白。那是一種恐懼——這是最貼近的說法了。在日常生活的表象後方，潛藏了一股莫名的恐懼，獨處時分外能感受得到，因此他只好更積極地投入社區生活。

大約就在那時，他開始注意到凱蘿。

陸維林從小就認識凱蘿，兩人讀同一所學校，凱蘿小他兩歲，是個憨傻可愛的孩子，戴著牙套，個性害羞。兩人的父母是好友，凱蘿經常到柯納斯家玩。

陸維林在大學最後一年回家時，對凱蘿有了新的看法。她的牙套不見了，憨傻的模樣也沒了，凱蘿蛻變成一個美麗妖豔、所有男生都想追求的年輕女子。

陸維林從未留意女生，他太努力工作了，對男女之情毫無所知。此時，陸維林的男性本色突然被喚醒了，他開始重視打扮，傾囊購買新領帶，還贈送一盒盒糖果給凱蘿。看到兒子終於開竅，母親只能笑著嘆氣，兒子終究要投入另一個女人的懷抱了！現在談結婚還嫌早，但如果要娶，凱蘿會是個不錯的對象。她出身良好、家教嚴謹，脾氣溫和又健康。比從都市來的、背景不明的陌生女孩好多了。「但還是配不上我兒子。」他母親在心中默默地說，然後自顧自地笑了起來，覺得普天下的母親都一個樣！她猶豫地跟丈夫提起這檔事。

「八字還沒一撇。」安格斯說，「兒子還有事業要發展，成不成還很難說。她是個好女孩，雖然不特別聰明。」

漂亮的凱蘿追求者眾，也很樂在其中，但她擺明了最喜歡陸維林。有時她會嚴肅地跟陸維林談論未來，雖然沒表現出來，但陸維林的曖昧態度與缺乏遠大志向卻令她有些失措。

「小陸，等取得資格，你應該有明確的計畫了吧？」

「噢！我一定會找到工作的，有很多職缺。」

「可是現在不都應該專攻某個科別嗎？」

「如果有特殊志趣的話，但我沒有。」

「可是陸維林．柯納斯，你不想往上爬嗎？」

「往上爬……爬到哪裡？」他笑著逗她。

「到……某個境界吧。」

「但人生不就是這樣嗎，凱蘿？從這裡到這裡。」他用手指在沙上拉出一條線，「出生、成長、求學、工作、結婚、生子、成家、努力工作、退休、年老、死亡。從這個國度走到下一個國度。」

「你明知我不是要講那個，小陸。我是指有個志向，彰顯自己的聲名、闖出一番事業、爬到頂層，讓所有人以你為榮。」

「這有什麼不同嗎？」他心不在焉地說。

「我覺得一定會有不同！」

「我認為重要的不是最終目的，而是人生旅程要怎麼走。」

「我從沒聽過這種胡話，難道你不想功成名就嗎？」

「不知道，應該不想。」

陸維林感覺凱蘿突然離他好遠，他變得非常孤獨，且意識到自己的害怕與卑微。「別人想──但我不想。」他差點說出這句話。

「小陸！陸維林！」凱蘿的聲音從遙遠的荒野隱隱傳來，「怎麼了？你看起來好奇怪。」

他又回神了，回到凱蘿身上，她正用迷惑害怕的神情望著他。陸維林對她生出一股柔情，她救了他，將他從荒涼的地方喚回來。他拉起凱蘿的手。

「你真好。」他將她拉近，近乎害羞地吻了她，她也回吻著。

陸維林心想：「我現在就可以告訴她……我愛她……等我取得資格便與她訂婚。我會請她等我。一旦娶了凱蘿，我就安全了。」

但陸維林沒說出口，彷彿有隻手壓住胸口將他推回去，禁止他說出來，那種真實感讓他驚慌地抽開身。

「凱蘿，總有一天，有一天我……我得跟你談一談。」他說。

凱蘿抬眼看著他，心滿意足地哈哈笑了起來，她並不急著要他許諾，能保持目前的狀態最好。凱蘿很喜歡得意情場、被年輕男孩追求的滋味。將來她跟陸維林一定會結婚的，陸維林深情的吻讓她深具把握。

至於他缺乏野心的事，凱蘿並不擔心。這個國家的女人對馭夫很有自信，負責計畫並督促丈夫成就事業的是女人，子女是她們最大的武器。她和陸維林會希望子女得到最好的，那將是陸維林最大的驅力。

陸維林返家途中心亂如麻，剛才的經驗好奇特，他腦中淨是最近聽到的心理演說，困惑地分析著自己。難道是對性的抗拒嗎？為什麼他會排斥？陸維林邊吃飯邊盯著母親，不安地想著自己是否有戀母情節。

儘管如此，陸維林回學校前還是跑去找母親商量。

他貿然問道：「你喜歡凱蘿嗎？」

該來的總是要來，母親難過地想，卻只是平靜地說：「她是個好女孩，你父親和我都很喜歡她。」

「我本來想告訴她，就在幾天前……」

「說你愛她？」

「是的，我想請她等我。」

「她若愛你，就不需要求她。」

「可是我開不了口，我就是說不出來。」

她笑了笑，「別煩惱，這種時候，男人多半會舌頭打結。當年你父親坐在那兒日復一日地瞪著我，彷彿很恨我，而非愛我，他連句『你好嗎？』『今天天氣真好。』都擠不出來。」

陸維林鬱鬱地說：「不單是那樣，好像有隻手把我推開了，彷彿我受到了……禁制。」

她感受到他煩憂的急促和力道，緩緩地說：「也許她不是你的真命天女，噢——」她打斷兒子的抗議，「年輕時血氣方剛，真的很難想得清楚，不過你心底，或是本能，會分辨什麼是該與不該，何謂衝動，何謂真實。」

「心底某處……」陸維林思忖著。

他突然急切地望著母親說：「我並不了解——我完全不了解自己。」

❖

返校後，陸維林以工作和朋友填滿每一刻鐘，心中恐懼散去，重拾自信。他研讀深奧的青少年性行為理論並自我解析，且深感滿意。

陸維林以優異的成績畢業，更添自信。回家時他已下定決心，未來也都有了明晰的規劃。他打算跟凱蘿求婚，並一起討論取得醫師資格後的各種可能。想到擁有明確的未來，陸維林便覺得塊壘盡釋。他會找份適合又能發揮的工作，跟心愛的女孩共立家業，生育下一代。

陸維林回家後，積極參與所有的地方慶宴，他在人群中走動，但總與凱蘿兩兩成雙，大家也視他們為一對。他鮮少獨自一人，只有夜裡上床就寢時常夢見凱蘿，夢裡纏綿悱惻，軟玉溫香。一切都很正常，一切都很順利，一切都是該有的樣子。

陸維林是如此胸有成竹，因此某天父親對他說出這番話時，他錯愕極了。

「你哪裡不對勁了，孩子？」

「不對勁？」陸維林瞅著父親。

「你不像你了。」

「哪有！我從沒感覺這麼好過！」

「也許是心理有病。」

陸維林瞪著父親，這位憔悴、冷漠的老人，張著深邃炯亮的眼睛，緩緩點頭說：「男人有的時候需要獨處。」

父親說罷轉頭離開，莫名的恐懼再次襲上陸維林心頭。他不想一個人——這是他最不希望的事。他沒辦法，他絕對不能獨處。

三天後，他跑去對父親說：「我想自己一個人去山裡露營。」

安格斯點點頭，「好。」

他用諱莫如深的眼神，理解地看著兒子。

陸維林心想：「我一定從他身上遺傳到某種他知道，而我卻還不明白的東西。」

❖

陸維林在沙漠中獨自待了將近三個星期，有了一些奇異的轉變。他從一開始便很能接受獨處，實在不解自己何以一直抗拒。

剛開始，陸維林一心想著自己和凱蘿的未來，一切都顯得如此明確而合理，但不久，陸維林便發現自己開始以第三者的身分，從外界而非參與者的角度去觀照自己的人生。因為他所規劃安排的尚無一成真，純屬連續性的邏輯推測，實際上並不存在。他愛凱蘿，也渴望她，但並不會娶她，他還有別的事要做，只是仍不清楚是什麼。認清這項事實後，陸維林便邁入另一個階段了——一個只能以空無來形容的階段。他什麼都不是，心中一片虛淨，他不再害怕，在接納自己的無知後，陸維林已排除恐懼。

他在這段期間內，幾乎不吃不喝。

有時甚至恍神。

彷彿前方有片海市蜃樓，看得見景象與人影。

有一、兩回，陸維林清晰地看見一名女子的面容，撩起他無邊的慾火。那清瘦骨感、秀美無方的臉蛋，有著凹深的太陽穴和從其邊隙飄出的黑髮，以及深邃而近乎憂傷的眼眸。有一回，他看見女子身後有片火海，另一回隱約見到像教堂的輪廓。這回他突然發現她只是個孩子。每次他都能感受到她的痛苦，陸維林心想：「我若能幫她就好了……」但又知道不可能，也不該有這種想法。

另一次他幻見一張淺色的木製大辦公桌，桌後有位顎骨堅實、藍眼細小、精明機敏的男子，男人向前傾身，拿著一把小尺比劃著，作勢發言。

後來陸維林又瞥見房間的怪異角落，那兒有扇窗戶，窗外隱現的松樹上堆著積雪，有張臉橫在他與窗戶之間，向他俯望。那是張粉紅色的圓臉，一個戴著眼鏡的男人，然而陸維林還來不及細看，男子也消失了。

陸維林覺得這些影像全是幻覺，根本不具意義，而且淨是些他不認識的臉孔和環境。

不久，陸維林便不再看到影像，也不再那般空無與不知所從了，它凝聚成一種對意義及目標的追尋，他將這感覺擺在心底，不再徘徊其間。

陸維林終於明白，原來他在等待。

❖

沙塵暴突然來襲，是那種毫無預警的沙漠山區風暴，但見團團紅沙如活物般高嘯著旋掃而至，然後又戛然消逝。

風暴過後，一片死寂。

所有野營工具全被狂風捲走了，陸維林的帳篷被吹下山谷，一無所有的他隻身孤立在突然安靜下來、彷彿新境的世間中。

他知道等待已久的事即將發生，他再度害怕起來，卻已不再抗拒。這次他準備去接納，他虛空下來的心靈，準備接受神的降臨。恐懼，是因為了解到自己的渺小卑微。

他很難跟理查解釋接下來發生的事。

「因為沒有任何言語可以形容，但我很清楚那是什麼——那就是承認上帝的存在。比較貼切的說法是，就像一個僅能從書上認識太陽、用手感覺陽光溫度的盲人，突然張開眼睛看見太陽一樣。

「我一直相信上帝，但現在我知道祂真的存在。那是一種直接的個人感知，無可形容，也是人所能遇上的最可怕經驗。我終於明白，為何上帝在接近人時，必須將自己化為人形。

「歷經那次僅維持幾秒的經驗後，我便打道回府了。我花了兩、三天才回到家裡，疲累至極地晃進家門。」

他沉默了一會兒。

「我母親擔心死了，完全無法理解出了什麼事！我父親大概有些概念，至少他知道我有了重大的體悟。我告訴母親，我看到自己無法解釋的幻象，她表示：『你爸爸的家族有預視能力，他奶奶有，還有一位姑姑也是。』

「經過幾天的休養，我又恢復了活力。別人討論我的未來時，我便默不作聲，我知道自己的命運已有安排，我只需接受——我也已經接受了——但至於自己接受了什麼，還不清楚。

「一個星期後，鄰近有個大型祈禱會，有點像你們所說的信仰復興運動團，我母親想去，我父親雖然沒太大興趣，但也願意參加，我就陪他們去了。」

陸維林看看理查，笑道：「你對這種事不會有興趣的，既粗俗又煽情，未能感動我，我有點失望。很多人站起來做見證，接著，我收到清楚而明晰的指令了。

「我站起來，大家紛紛轉頭看我。

「我並不知道自己會說什麼，我沒有多想或分析自己的信念，那些話就在我腦海裡，有時它們跑在我前面，我只得加快說話速度才趕得上，在話語消失前將它們說出來。我無法對你形容那種感覺，如果我說，那就像火焰和蜂蜜，你能明白嗎？火焰燒灼我，但卻有著蜂蜜的甜美，一種服從的甘美。作為上帝的信差，真是一種可怕又美好的經驗。」

「就像高舉旗幟的軍隊一樣可怕。」理查喃喃說。

「沒錯，讚美詩的作者很清楚自己在寫什麼。」

「那……後來呢？」

陸維林攤開手。

「筋疲力盡，徹底的筋疲力竭。我大概講了四十五分鐘吧，回家後我坐在火爐邊發抖，累到連手都抬不起來，無力說話。我媽了解地說：『就像你爸去參加詩人大會後的樣子。』她餵我熱湯，並在我床上擺熱水袋。」

理查喃喃說：「你該有的遺傳都有了，蘇格蘭人的神祕特質、威爾斯人的詩情與創意，還有好聽的嗓音。這真是極富創意的故事：恐懼、挫折、空虛，然後是突來的神能，以及事後的疲乏。」

他沉默了一會兒後問道：「沒有後續的故事了嗎？」

「其實沒有那麼多可說的。第二天我去找凱蘿，告訴她我終究無法成為醫師，我要去傳道。我跟她說，我本希望娶她，但現在已放棄了。她不解地說：『醫師也能傳道呀。』我表示這與行善無關，而是我必須服從的旨意，凱蘿斥為胡說，我當然可以結婚，因為我又不是羅馬天主教徒。我說：『我整個人及一切所有，都歸屬上帝。』她當然無法明白；她怎有辦法理解？可憐的孩子，那根本超乎她所能領略的範疇。回家後我告訴母親，請她善待凱蘿，並祈求母親諒解。她說：『我很能理解，你將一無所有，孑然一身。』接著她哭著說：『我就知道——我一向知道——你跟別人不一樣，唉，但對做妻子與母親的人來說，實在太辛苦了。』

「她說：『如果我把你讓給媳婦，人生本就應該如此，那麼我還有孫子可抱，可是走上這條路，你便要徹底離開我了。』

「我安慰母親不會那樣，但我們都知道它正是如此。親情的牽繫都得擱下了。」

理查不安地挪著身子。

「請原諒我，我無法認同那種生活方式。人的情感、悲憫、博愛……」

「但我所談的並不是一種生活方式，而是一個獲上帝遴選的人，他比他的同胞特別，卻也更渺小，這點是他不能片刻或忘的，他必須牢記自己比他人更卑微。」

「那我就不明白了。」

陸維林像自言自語地輕聲說：「危險就危險在這兒——你遲早會忘記。現在我明白了，上帝就在那關鍵時刻對我展現慈悲，及時拯救了我。」

第六章

陸維林最後一番話令理查不解。

他尷尬地說：「謝謝你將一切告訴我，請相信我無意打探私密。」

「我知道，你對別人是誠摯的關切。」

「而你又是位非常特別的人，我讀過各種描述你佈道的雜誌，但吸引我的不是那些詳細的事實細節。」

陸維林點點頭，心思還掛在過去。他想起那天搭電梯直奔摩天樓三十五樓的情形。接待室一位接待他的優雅金髮美女將他交給一位寬肩健碩的青年，由青年帶他去最後一站：大金主的私人辦公室。大型辦公桌白亮的桌面，以及從桌後起身、伸手表示熱誠歡迎的男人，就跟那天在沙漠中所見一樣：方臉寬頰，藍眼窄小精銳。

「……很高興認識您，柯納斯先生。依我個人淺見，國人回歸上帝的時機已臻成熟……應大力推廣……為達成效，我們應投下資金……我曾聽過您兩場佈道會……真是印象良深哪……您真是字字鏗鏘、擲地有聲……太棒……太精彩了！」

上帝結合無限的商機，感覺會不會不搭？有何不可？假如對商機的敏感度是上帝賦與人類的才能，何不善加利用、為上帝服務？

陸維林確信這個房間，以及這位他已預見過的男人，是上帝安排的一環，是他注定會遇上的。此人是出於單純的信仰，或只是為了掌握商機，拿上帝當搖錢樹？陸維林從來不清楚，亦不費心臆斷。這是上天的安排，他只是上帝的使者，一個奉行上帝旨意的人。

十五年了……從最初的小型戶外聚會、演講廳、大廳，到大型體育館。

人山人海，模糊的群眾臉孔，遠遠地一排排緊簇著，等待、渴望……

而他呢？則永遠一樣。

渾身發寒、恐懼地畏縮著，空虛地等待。

然後陸維林．柯納斯醫師站起來，接著……腦中傳來話語，從唇間流洩而出……那不是他的話語，從來都不是，但榮耀與演說時的狂喜卻屬於他。

（危險當然就在這裡了，奇怪的是，為何他到此時才明白。）

接著是隨之而來的，女人的獻媚、男人的巴結，身體的虛脫與反胃，以及群眾的盛情、奉承和歇斯底里。

陸維林盡可能地回應群眾，此時他已不再是上帝的使者，只是個凡人，只是個與那些崇拜者所期許的相去甚遠的凡夫。因為他所有的尊嚴與美德已枯竭耗盡，成了一個又病又累、絕望而空虛的人。

「可憐的柯納斯醫師，」人們說，「他看起來好累。」

疲倦愈演愈烈……

他原本身強體壯，仍不足以撐過十五個年頭。噁心、頭昏、心悸、呼吸困難、昏厥——簡單說，就是體力透支。

於是陸維林跑到山區療養院定定躺著，望著窗外刺破天際的松影，接著一張粉紅色的圓臉俯向他，厚重的眼鏡後那雙貓頭鷹似的眼睛嚴肅地看著他。

「這需要一點時間；你得當一陣子病人。」

「怎麼了嗎，醫生？」

「幸好你身體底子不錯，不過被你操得太凶了，心臟、肺等等——你體內的所有臟器都受到感染了。」

「你是說，我快死了嗎？」他略感好奇地問道。

「當然不是，我們會幫助你康復。雖然時間久一點，但你會健健康康地出院，只是……」醫生遲疑著。

「只是什麼？」

「請你務必了解一點，柯納斯醫生，將來你得過平靜日子，不能再公開演說了。你的心臟承受不了，不能上台、不能使勁、不能演說。」

「可是休養過後……」

「不行，柯納斯醫師，無論你休息多久，我的診斷依然不變。」

「我明白了。」陸維林想了一會兒，「我懂了，身體壞了是吧？」

「沒錯。」

燈枯油盡了，供上帝使用的肉身太脆弱，無法持久。他已被榨乾，棄置不用了。

接下來呢？

問題來了，下一步呢？

他得仔細想想，陸維林．柯納斯究竟是誰？

並設法找到答案。

❖

理查的聲音打斷陸維林的思緒。

「能請教你對未來有何打算嗎？」

「沒有打算。」

「真的？也許你會希望回……」

陸維林聲音嘶啞地打斷他：「已經不能回頭了。」

「辦溫和一點的活動呢？」

「不行就是不行。非這樣不可。」

「是他們跟你說的嗎？」

「他們沒講那麼多，只強調不能再做公開活動、上舞台，意思就是結束了。」

「到某處過清幽的日子呢？我的意思是，到某個教堂當牧師。」

「我是傳福音的使者，理查爵士，跟當牧師是兩碼事。」

「對不起，我明白了，你得展開全新的生活。」

「是的，跟一般男人一樣的私生活。」

「會覺得困惑難安嗎？」

陸維林搖搖頭。

「不會，在島上的這幾週裡，我悟出自己其實避開了一場災禍。」

「什麼災禍？」

「人不能掌權，因為權力會使人徹底腐化。我還能頑抗多久，不受一丁點汙染？我懷疑自己已經受影響了，當我對廣大的群眾演說時，我會開始以為說話的人是我，是我在傳遞信息，我知道他們該做或不該做什麼，我不再只是上帝的使者，而是上帝的代表。你瞧，我已自視在萬人之上了！」他沉靜地說，「仁慈的上帝適時解救我免於凶險。」

「所以，你的遭遇並未令你失去信仰？」

陸維林大笑。

「信仰？我覺得這兩個字很奇怪。我們相信太陽、月亮、所坐的椅子和腳下的大地嗎？如果有了知識，何需信仰？請不要以為我蒙受不幸，我並沒有，我追尋上帝安排的道路——且仍在遵循。我來到這島上，是做我該做的事；等時機到了，我自然會離開。」

「你是說，你會接收到另一個……你是怎麼說的？另一道指令嗎？」

「噢，不，不是像指令那般清楚，而是一點一滴累聚成無可避免的答案，然後我便會採取行動。事情會在我腦中沉澱釐清，到時我自然會知道該去哪裡、該做什麼了。」

「就這麼簡單？」

「是的。若要解釋的話，就是讓身心和諧共融吧。錯誤的行動，我指的不是為非作歹的錯，而是犯了錯誤，我會立即察覺不對勁；彷彿跳舞踩錯舞步，或唱走音，感覺很突兀。」陸維林突然想起了什麼，說道：「假如我是女人，我大概會說，感覺就像針織時落掉一針。」

「那麼女人呢？你有可能回家尋找初戀情人嗎？」

「然後來個感人的大團圓？不太可能。」他笑道，「何況，凱蘿已經結婚很多年了，人家生了三個孩子，她先生的房地產生意做得有聲有色，凱蘿和我從來不適合，只是少男少女的青澀戀情罷了。」

「難道這些年都沒有其他女人嗎？」

「沒有，感謝上帝，若是在當時遇見她……」

陸維林話沒說完，聽得理查一頭霧水。理查壓根不知陸維林心中跳出了一幅畫面：飄動的黑髮、細緻的鬢骨、悲傷的眼神。

陸維林知道自己總有一天會遇見她，她跟幻象中的辦公桌、體育館一樣確有其實。倘若他在佈道期間遇到她，就得被迫放棄她了，但他辦得到嗎？陸維林很懷疑。他的黑髮女子不若凱蘿活潑開朗，也不是年輕男子冀求的對象。當時他身不由己，但現在自由了，等他們相遇時……他知道他們一定會相遇，至於何種情況、何時何地，則完全未知。陸維林僅有的線索是教堂裡的洗禮石盆和火焰，然而他覺得自己就快遇見她了。

書架之間的門扉猛然打開，兩人嚇了一跳。理查轉過頭，訝異地站起來。

「達令，你怎麼會……」

她沒裹著西班牙披肩，沒穿高領黑衣，身上是件飄逸的半透明淡紫紅衣裳，也許是顏色的關係，陸維林覺得她身上飄著薰衣草香。女子看見陸維林時，停了下來，張著水汪汪的眼睛望著他，表情冷到令人驚詫。

「親愛的，頭痛好些了嗎？這位是柯納斯醫師。這是內人。」

陸維林走向前，拉起她垂軟的手，正式而客氣地說：「很高興認識你，威汀夫人。」

瞪大的眼眸中注入情感，鬆柔下來。她坐到理查幫她推來的椅上，開始快速地連聲說：「原來你就是柯納斯醫生？我看過你的報導，你怎會到島上來？為什麼？我的意思是，你來這裡的理由是什麼？通常不太有人會來的，對吧，理查？」她半側過臉，一邊前言不對後語地說著：「我是說，外地人不會在島上久留，他們搭船來了又走。我常想他們會去哪裡。他們在島上買水果、無聊的小玩偶及本地草帽，然後帶著土產上船開航。他們要回哪裡？曼徹斯特？利物浦？或許是奇切斯特吧。戴著草帽去教堂做禮拜一定很好笑。事情本來就好笑，人們會說：『我不知道我是要離開，還是要來。』以前我的老奶媽就常這麼說。這是事實，不是嗎？這就是人生，人究竟是要走還是要來？我不知道。」

她搖搖頭，突然哈哈大笑，在椅上晃了一下。陸維林心想：「她再一會兒就要醉倒了，不曉得理查知道嗎？」

陸維林很快偷瞄理查一眼，看來這位飽覽世界的男子完全被蒙在鼓裡。理查靠向妻子，臉上淨是愛與憂心。

「親愛的，你在發燒，你不該起來的。」

「我覺得好些了，我吃過藥了，藥雖然能止痛，卻讓我很睏。」她心虛地輕笑一聲，將額上淡金色的頭髮撥到後頭。「別替我擔心，理查，幫柯納斯醫生弄杯酒吧。」

「你呢？要不要來點白蘭地？對你有好處。」

她皺著臉說：「不用了，我喝萊姆加蘇打水就好。」

理查將杯子遞給妻子，她微笑致謝。

「喝點酒死不了的。」理查說。

她的笑容僵了一下，然後說道：「誰知道？」

「我知道。柯納斯，你呢？要不含酒精的？還是威士忌？」

「可以的話，給我白蘭地加蘇打水。」

她盯住手上的玻璃杯，突然說道：「我們可以離開。我們能離開嗎，理查？」

「離開別墅？離開這座島嗎？」

「正是那個意思。」

理查為自己倒了杯威士忌，然後走回來站到妻子椅後。

「親愛的，你想去哪兒，我們就去哪兒，隨時都能走，想要的話，今晚就走。」

她悠悠地嘆口長氣。

「你實在……對我太好了，我怎會想離開這兒。你怎能走得開？你有大片土地要管理，而且好不容易有了進展。」

「話雖沒錯，但那不重要，以你優先。」

「我想自己離開一下。」

「不，咱們一起走，我希望你覺得受到照顧，隨時有人相陪。」

「你以為我需要監護人嗎？」她開始有些失控地大笑起來，然後又突然用手摀住嘴。

理查說：「我希望你覺得……我永遠陪著你。」

「噢，我的確感受到了，真的。」

「你想要的話，咱們去義大利或英格蘭都行。也許你想家了？想回英國？」

「不，」她說，「我們哪兒都不去，就留在這裡。我們去哪裡都一樣，永遠都一樣。」

她在椅中一頹，鬱鬱地望著前方，然後猛然抬眼，回頭看著憂心忡忡的理查。

「親愛的理查，」她說，「你對我真好，總是那麼有耐心。」

他輕聲說：「只要你能明白，對我來說，除了你，什麼都不重要。」

「我明白……噢，我真的明白。」

他繼續說道：「我希望你在這裡能開心，但我知道這邊……沒什麼娛樂。」

「有柯納斯醫生呀。」她說。

她歪頭對客人露出開心頑皮的笑容。陸維林心想：「她以前一定是位快樂迷人的女孩。」

接著她說：「而且你曾說過，這座島和別墅與人間天堂無異，我也相信你了，這裡真的是人間天堂。」

「啊！」

「但我實在承受不了。」她說話又開始跳三接四的，「柯納斯，你不覺得性格不夠剛強的人住不了天堂嗎？就像古時候的部落一樣，強者頭戴王冠，坐在樹下——我一向都覺得王冠非常沉重。聖歌裡是這麼唱的吧？在平靜的海洋前，卸下他們的王冠。或許是因為王冠太重，上帝才叫他們摘下來的吧，一直戴著好沉重哪。擁有太多也是一種災禍，不是嗎？我想……」她站起來，踉蹌了一下，「我想，也許我該回床休息了。你說得對，理查，我大概發燒了，但王冠好沉重啊，住在這裡就像美夢成真，只不過我已不再作夢，我應該到別處去，卻又不知去往何方。

如果……」

她身子突然一軟，伺機等候的陸維林及時托住她，交給理查。

「最好送她回床上。」他建議道。

「是的，沒錯，然後我再去打電話叫醫生。」

「她睡一覺就沒事了。」陸維林說。

理查狐疑地看著他。

陸維林說：「我來幫你。」

兩名男士抬著昏迷不醒的女子從門口出去，穿過短廊，來到一間開著門的臥室。兩人輕輕將她放到鋪著黑色錦緞的木雕大床上，理查到外邊走廊喊道：「瑪莉亞……瑪莉亞！」

陸維林火速環視房間。

他穿過掩簾的凹室，進入浴間察看裡頭的玻璃櫃，然後走回寢室。

理查再次不耐煩地呼喚：「瑪莉亞！」

陸維林走到化妝台邊。

一會兒後，理查進入房裡，後面跟了一位矮小黑膚的女人。瑪莉亞衝到床邊驚呼一聲，彎身看著昏死的女子。

理查吩咐：「好好照顧夫人，我去打電話叫醫生。」

「不必了，先生，我知道怎麼處理，明早夫人就沒事了。」

理查搖搖頭，不甚情願地離開寢室。

陸維林跟過去，卻在門口停下來問道：「她放在哪裡？」

瑪莉亞看著他，眨眨眼。

接著，她不由自主地將眼神轉往陸維林後方的牆面，陸維林轉身看到一幅掛畫，是柯洛[21]式的風景畫。陸維林將畫從鉤子上掀開，畫後有個女人用來存放珠寶的舊型嵌式保險箱，現在已不太能防盜了。鎖上插著鑰匙，陸維林輕輕打開保險箱，往裡頭看了一下，點點頭，再度關上。他充分諒解地與瑪莉亞對望一眼。

陸維林走出房間，來到剛放下聽筒的理查身邊。

「醫師出去幫人接生了。」

陸維林小心翼翼地說道：「我想，瑪莉亞會處理，她以前應該見過尊夫人這種情形。」

「是……是的……也許你說得對，瑪莉亞對內人非常忠心。」

「看得出來。」

「大家都很愛她，她會讓人想愛、想保護。這裡的人對美女很好，尤其是憂愁的佳人。」

「但他們比英國人務實。」

「也許吧。」

「他們不會逃避現實。」

「英國人會嗎？」

「經常會。尊夫人的寢室很漂亮，你知道最令我印象深刻的是什麼嗎？房中聞不到許多女士喜愛的香水味，只有薰衣草和古龍水香。」

理查點頭道：「我知道，我一聞到薰衣草便會想到雪莉，彷彿回到童年，聞著母親衣櫃裡的薰衣草香，想到細緻的白床單，和她做好放在那裡的薰衣草袋。那袋子透著春日的純淨香氣，充滿了鄉村風情。」

理查嘆口氣，抬起頭，發現陸維林正用他無法理解的表情望著他。

「我得走了。」陸維林伸出手說。

21 柯洛（Jean-Baptiste Camille Corot, 1796-1875），法國巴比松派畫家。

第七章

「你還來這兒呀？」

陸維林等侍者離開後問。

威汀夫人沉默片刻，今晚她並未望著外頭的港灣，只是垂眼看著杯中的澄金液體。

「是柳橙汁。」她說。

「我懂了，你在表態。」

「是的，這樣有助於表態。」

「噢，當然。」

她說：「你跟他說過你曾在這裡見到我嗎？」

「沒有。」

「為何不說？」

「說了會讓他難過，也讓你難過。而且他又沒問我。」

「他當時若問你，你會告訴他嗎？」

「會。」

「因為愈坦然面對問題愈好。」

「為什麼？」

她嘆口氣。

「真不知你到底懂不懂。」

「我不知道。」

「我不忍傷害他，你明白他人有多好、多麼相信我、一心只顧著我嗎？」

「是的，這些我都明白，他希望為你防堵所有的悲傷與罪惡。」

「但那樣太過了。」

「是的，是太過了。」

「讓人陷在某種無法自拔的情境，只能日復一日地佯裝、自欺，最後疲乏得想大吼：『別再愛我，別再照顧我、擔心我，別再那麼關心而小心翼翼了。』」她握緊雙手，「我希望跟理查過快樂的日子，我真的很想！為何我辦不到？為什麼我會感到如此厭煩？」

「求你們給我葡萄乾增補我力、給我蘋果暢快我心，因我思愛成病。」22

「是的，正是那樣。是我，都是我的錯。」

「你為何嫁給他？」

22 摘自《舊約聖經·雅歌》第二章第五節。

「噢，那個呀！」她張大眼睛，「很簡單，我愛上他了。」

「原來如此。」

「我想我是一時糊塗，他風度翩然又魅力橫生，你懂我意思嗎？」

「懂。」

「而且又十足浪漫，一位從小就認識我的伯伯曾警告我說：『跟理查談戀愛可以，但別嫁給他。』伯伯說得對。我當時很不快樂，結果遇見理查，我便……開始作白日夢，夢想愛情、理查、一座島嶼及月光。作夢對我是種抒解，且不傷害任何人。現在我的夢圓了，但我卻不是夢裡的我，只是一個曾經有夢的人罷了。那很糟糕。」

她隔著桌子，直視陸維林的眼睛。

「我能成為夢裡的我嗎？我很想那麼做。」

「若不是真正的你，就沒辦法了。」

「我可以離開。可是要上哪兒？我不能回到過去，因為過去已不復存在。我得重新開始，卻不知道從何處著手。反正我不能傷害理查，他已受過太多傷了。」

「是嗎？」

「是啊，他娶的那個女人簡直太惡劣了，她很美，也挺和善，但簡直道德塗地。理查卻不那樣看她。」

「他不會那麼做。」

「而且她讓他失望透頂，理查難過極了，他責怪自己，認為自己對不起她。他不怨那女的，只是同情她而已。」

「他同情心太強了。」

「那樣不好嗎？」

「不好，會讓人看不清事實。」

陸維林又說：「何況那是種侮辱。」

「怎麼說？」

「就像偽善者在禱詞中所影射的：『上帝，謝謝您沒讓我變成這個人。』」

「難道你不曾同情過誰嗎？」

「當然會，我是人哪，但我很忌諱這種事。」

「同情能有什麼害處？」

「同情會凝聚成行動。」

「那樣有錯嗎？」

「那樣可能造成災禍。」

「對你嗎？」

「不，不是對我，而是對另一個人。」

「你若同情一個人，該怎麼辦？」

「別管他們，把他們交到上帝手中就好了。」

「聽起來好冷酷無情。」

「總不會比濫施同情危險吧。」

她靠向陸維林問。

「告訴我，你同情我嗎？」

「我盡量不同情你。」

「為什麼？」

「免得害你自憐自艾。」

「你覺得我在自憐嗎？」

「你有嗎？」

「沒有，」她緩緩說道，「不算有，我把事情都……混在一塊兒了，一定是我自己的錯。」

「通常都是，但你的狀況也許不是。」

「請告訴我——你那麼有智慧，到處傳播福音——我該怎麼做？」

「你知道答案的。」

她看著陸維林，然後出乎意料地大笑起來，笑聲開朗愉快。

「是的，」她說，「我知道，而且十分明白，我得奮鬥。」

第四部

一如初始

一九五六年

第一章

陸維林抬頭看了大樓一眼，才走進去。

大樓跟位處的街道一樣單調，倫敦的這個地區仍處處可見戰後殘垣，令人心酸。陸維林心情已經夠沮喪了，他是來辦一件傷心事的，他並不特別害怕，因為他知道，等委婉地把事情交辦完後，他會鬆口大氣。

陸維林嘆口氣，挺起肩背，爬了一道短階，穿過一道推門。

大樓內十分繁忙，卻井然有序，快捷穩健的腳步在各個走廊上穿梭，一個穿深藍制服的年輕女子在他身邊停住。

「我能為您服務嗎？」

「我想見法蘭克林小姐。」

「很抱歉，法蘭克林小姐今早無法見任何人，我可以帶您去祕書辦公室。」

陸維林溫和地堅持要見法蘭克林小姐。

「這件事很重要，」他又說，「麻煩你把這封信給她。」

年輕女子帶他到等候室，然後匆匆離開。五分鐘後，一位面容和善、態度熱情的胖婦人走過來。

「我是法蘭克林小姐的祕書，哈里遜。麻煩您多等幾分鐘，法蘭克林小姐正在陪一名動完手術、麻醉剛醒的孩子。」

陸維林謝過之後開始提問，哈里遜立即興奮地談著渥里啟智兒童基金會。

「這是個很有歷史的基金會，可回溯到一八四〇年：我們的創始人納撒尼爾・渥里是位磨坊廠主。」她繼續說，「可惜，資金短少，投資收入銳減……開銷增加……實在是管理不善，不過自從法蘭克林小姐接手後……」

她表情一亮，說話速度跟著變快。

法蘭克林小姐顯然是哈里遜天堂裡的太陽，法蘭克林小姐除弊興利，大肆整頓，力抗上層，終於獲勝，現在當家作主，管理得有聲有色。陸維林心想，為什麼女人對其他女人的崇拜聽起來總是這麼的直白，他很懷疑自己會喜歡這位幹練的法蘭克林小姐，感覺上像女王蜂，其他女人繞著她轉，以彰顯她的權勢。

陸維林終於被帶往樓上了，哈里遜敲敲走廊邊的門，讓到一旁，示意陸維林走進法蘭克林小姐神聖不可侵的私人辦公室。

她坐在辦公桌後，看起來柔弱且非常疲倦。

陸維林驚愕地看著她站起來走向自己。

他低聲喃喃說道：「是你……」

她不解地微蹙著眉，那對他熟悉的彎眉，那是同一張臉：蒼白、秀麗、悲傷的嘴、獨特的黑眼，以及從太陽穴旁像翅膀般冒出來的髮莖。陸維林覺得她的表情好悲傷，然而她那張落落大方的嘴卻適合歡笑，那張嚴肅傲然的臉或許能被溫柔融化。

她輕聲說：「陸維林醫師嗎？我妹夫寫信告訴我說你會來，你人真好。」

「你妹妹的死，必然令你深感震驚。」

「是的，她還好年輕。」

她的聲音哽咽一下，隨即恢復鎮定。陸維林心想：「她好自律。」

她的衣著頗有修女的味道，一身素黑，僅領口帶點白。

她沉靜表示：「真希望死的人是我，不是她，但生者或許都會這麼想吧。」

「未必，只有當你非常關愛一個人，或生命苦到難以承受時，才會這麼想。」

那對黑眼微瞠著，困惑地望著他說：「你真的就是陸維林．柯納斯嗎？」

「是的，現在我自稱是莫瑞．陸維林醫生了，省去別人不斷的安慰，也讓大家免於尷尬。」

「我在報上見過你的照片，但我想我應該認不出你。」

「是啊，現在大部分人都不認得我了，報上天天有別的面孔，也許我變小了。」

「變小？」

他笑道：「不是體形上變小，而是重要性變小了。」

陸維林接著說：「我帶了你妹妹的一些私人物品來，你妹夫覺得你應該會想保留。東西在旅館裡，不知你能否與我在旅館共餐，或者你希望我把東西送到這兒？」

「我會很樂意收下的，我想聽你把……把雪莉的事全告訴我，我已經將近三年沒見著她。我還是無法相信她已經死了。」

「我知道你的感受。」

「我想聽你講她的事，但……請別出言安慰我，你應該還信上帝吧，但我不信！抱歉我如此魯直，但請你體諒我的感受。若真的有上帝，那麼祂也太殘酷、太不公平了。」

「因為祂讓雪莉死掉？」

「沒有必要討論這件事了。請別跟我談宗教，跟我談談雪莉吧，我一直到現在還不明白她怎麼會出事。」

「她過街時被一輛大卡車撞倒輾過，當場死亡，未受什麼痛苦。」

「理查信上也這麼寫，但我以為……他只想避重就輕，理查就是這樣。」

「沒錯，他就是那樣，但我不是。你大可相信雪莉是當場斃命，未受折磨。」

「是怎麼發生的？」

「當時很晚了，雪莉一直坐在面海的戶外咖啡館，她離開咖啡館時，沒看路便過街了，結果卡車從街角繞過來撞到她。」

「她當時一個人嗎？」

「是的。」

「那理查呢？為什麼沒跟她在一起？太奇怪了，理查應該不會讓她在夜裡一個人跑去咖啡館吧，我以為他會照顧她。」

「你千萬別怪他，理查非常愛你妹妹，盡可能地看顧她，那天他並不知道雪莉離開家裡。」

她面色一緩。

「原來如此，是我錯怪他了。」

她合緊手。

「太殘酷、太不公平、太無意義了，雪莉吃了那麼多苦，到頭來竟只享了三年福。」

陸維林沒有立即回應，只是坐著看她。

「恕我直言，你很愛你妹妹嗎？」

「我愛她勝過世上任何人。」

「但你卻三年沒去見她，他們不斷邀請你，你卻從未去過？」

「我這邊工作找不到人代理，很難走得開。」

「或許吧；但還是可以處理的。你為何不想去？」

「我想去呀，我想的！」

「但你有某種不能去的理由？」

「我跟你說過，我這邊的工作……」

「你那麼熱愛你的工作嗎？」

「熱愛？並沒有。」她似乎很訝異，「但這工作很有意義，能為人服務。這些孩子無人聞問，我認為——我真的這麼認為，自己的工作非常有幫助。」

她的語氣熱切得異常。

「當然很有幫助，這點無庸置疑。」

「這裡當初百廢待興，我好不容易才讓基金會重新站起來。」

「看得出你是非常優秀的管理人才，你很有個性，領導力又強。我相信你在這裡幫助了很多人。工作好玩嗎？」

「好玩？」她震驚地望著他。

「我說的又不是外國話，如果你愛他們，工作應該會很有意思。」

「愛誰？」

「孩子們啊！」

她悲傷地緩緩說：「不，我不愛他們……不完全是……不盡然以你所指的方式去愛。我希望我愛他們，但是……」

「但那樣就會變成一種樂趣，而非職守了。你是這麼想，對嗎？職責才是你所需要的。」

「你為何這麼說？」

「因為你整個人就是那種感覺。為什麼會這樣？」

陸維林突然站起來，不安地踱著步。

「你這輩子都在做什麼？我對你如此熟悉卻又一無所知，實在是太詭異、太神奇、太……太令人難過了。我不知該從何說起。」

她只能愣愣望著懊惱不已的陸維林。

「你一定覺得我瘋了，你不懂，你怎會懂？但我是來這裡見你的。」

「你幫我把雪莉的遺物送過來，不是嗎？」

陸維林不耐煩地揮揮手說：「沒錯，我原本也那麼以為，我是來幫理查辦一件他不想做的事。我沒想到、完全沒有料到，竟會是你。」

他靠向桌子，朝她欺近。

「聽我說，蘿拉，反正你遲早要知道的，不如現在就說。很多年前，在我開始傳福音之前，我見過三次幻景，我想我遺傳了我父親那邊的預視能力。我清楚地看見三件事物，正如我現在面對你這般清晰。

「我看見一張辦公桌，桌後一位下巴寬實的男子。我看見一扇開向松林藍天的窗戶，以及一位有著粉紅色圓臉、表情嚴肅如貓頭鷹的男人。後來我都遇見並經歷了那些場景。大辦公桌後的男人是資助我們傳教活動的富豪。後來我躺在療養院病床，看著覆上白雪的松林與藍天，一位面粉臉圓的醫師站在我床邊，告訴我說不能再從事佈道工作了。

「我看到的第三個畫面就是你，是的，蘿拉，就是你。就像現在面對你一樣地清楚，畫面中的你比現在年輕，但眼神一樣哀愁，表情同樣悲傷。我並未看到特定的場景，但隱約覺得背後有間教堂，之後背景便化成搖曳的火焰了。」

「火焰？」

她驚愕無比。

「是的，你遇過火災嗎？」

「有，我年紀還小的時候遇過一次。可是教堂……是哪種教堂？天主教堂嗎？有穿藍袍的聖母像嗎？」

「我並未看到那麼確切的東西，畫面中沒有顏色或光線，感覺十分陰冷撲灰，還有……對了，有個洗禮盆，你站在洗禮盆旁邊。」

他看到血色從蘿拉臉上退去，她慢慢抬手撫住自己的太陽穴。

「那對你來說有什麼意義嗎，蘿拉？那代表什麼意思？」

「雪莉．瑪格麗特．艾雯莉，以天父及聖子之名……」她的聲音逐漸消失。

「那是雪莉的洗禮儀式，我是她的代理教母。我抱著她，好想把她扔到石地上！巴不得她死！我當時就是那麼想的，我希望她死，而如今……如今……她真的死了。」

蘿拉突然垂下頭，將臉埋在掌中。

「蘿拉，親愛的，我明白，噢，我明白了。那麼火焰呢？也有涵義嗎？」

「我祈禱，是的，祈禱……還點了許願燭。你知道我許了什麼願嗎？那時的我希望雪莉死掉，而現在……」

「別再說了，蘿拉，別再說下去了。那場火……究竟發生了什麼事？」

「那天晚上，我醒來看到煙，屋子著火了，我以為自己的祈禱應驗了，接著我聽到寶寶的哭聲，一切就都變了，我一心只想救出寶寶，我辦到了，她連灼傷都沒有。我把她帶到草地上，然後發現一切都消失了：嫉妒、爭寵之心，全都蕩然無存，我好愛她，愛她愛得要命。此後我就一直非常疼愛雪莉了。」

「親愛的，噢，親愛的！」

陸維林越過桌子，再次朝她靠去。

他急切地說：「現在你明白，我來這裡是……」

陸維林的話被開門聲打斷了。

哈里遜氣喘吁吁地走進來說：「專科醫師布萊格先生到了，他在A病房，想見你。」

蘿拉站起身。

「我馬上就去。」哈里遜離開後，蘿拉連忙表示：「對不起，我得走了，你若能幫忙把雪莉的東西寄給我……」

「我希望你能到我下榻的旅館與我共餐，查令十字車站附近的溫莎旅館，你今晚能來嗎？」

「今晚恐怕不能。」

「那就明天。」

「我晚上真的走不開……」

「你明晚不用上班，我已經問過了。」

「我還有別的事，非去不可……」

「才怪。你在害怕。」

「好吧，我是害怕。」

「怕我嗎？」

「大概吧，是的。」

「為什麼？因為你認為我瘋了？」

「不是，你沒瘋，不是那樣。」

「但你還是害怕，為什麼？」

「我不想被打擾，不希望……不希望生活方式受到干擾。唉！我不知道我在說什麼，我真的得走了。」

「但你得跟我一起吃晚飯。什麼時候？明天？還是後天？我會在倫敦等到你答應。」

「那就今晚吧。」

「早死早超生是吧？」陸維林哈哈笑道，蘿拉沒想到自己竟跟著笑了，接著她表情一斂，快速走到門邊。陸維林讓到一旁，幫蘿拉開門。

「溫莎旅館，八點鐘，我等你！」

第二章

蘿拉坐在公寓寢室的鏡子前，嘴角含笑地端詳自己的面容。她右手握著口紅，垂眼看著鍍金盒上刻的字樣：致命的蘋果。

她實在不解，為何自己會衝動地走進每天經過、香氣迷人的精品店中。店員拿出一堆口紅，在塗著深紅色指甲油的纖細手背上，為她一一試搽。

蘿拉看著一道道粉紅、櫻桃紅、深紅、栗色及紫紅色的口紅，有些除了名稱外，顏色幾乎難以區分，蘿拉覺得那些名稱妙極了。

粉色閃電、奶油甜酒、迷霧珊瑚、幽靜的粉紅、致命的蘋果。

吸引她的是口紅的名稱，而非顏色。

致命的蘋果……讓人想到夏娃、誘惑與女性的魅力。

蘿拉坐在鏡前，細細塗染唇彩。

博弟！她想到多年前一邊拔著雜草、一邊對她說教的博弟。他是怎麼說的？「展現女人的風味，高舉你的旗幟，尋獵你的男人……」之類的話。

她現在就是在尋獵男人嗎？

蘿拉心想：「沒錯，正是那樣，就今晚這一次吧，我想當個女人，像其他女人那樣展現自己、打扮自己，吸引她要的男人。我以前從沒想要過，也不認為自己是那種人，但我畢竟是女人，只是我從不自覺罷了。」

博弟的影像如此清晰，蘿拉幾乎可以感覺他站在自己身後，點著那顆大頭表示贊同，並用粗啞的聲音說：「這就對了，小蘿拉，一點都不嫌晚。」

親愛的博弟……

在她此生，博弟這位朋友總是忠實誠懇地一路相陪。

蘿拉憶及兩年前，博弟臨終時，他們派人來找她。等她抵達，醫師表示博弟或許無法認出她了，因為他的狀況急轉直下，已陷入半昏迷。

蘿拉坐在博弟身邊，握住他那粗糙的手。

博弟動也不動地躺著，偶爾咕噥幾聲，彷彿發怒似地喃喃吐出一連串字。

有一次博弟張開眼，茫然地看著她說：「那孩子呢？你能找她來嗎？千萬別對她說，看見人死是不吉祥的，死亡只是一種經驗……孩子有他們接受死亡的方式，比我們大人還行。」

她答道：「我就在這兒呢，博弟，我在這裡。」

可是博弟又閉上眼，憤憤地嘀咕說：「快死了？我才沒有，醫生全一個樣，狗嘴吐不出象牙，老子就活給他們看。」

說完又陷入半昏迷，偶爾碎唸一下，你便知道他在回憶什麼。

「蠢蛋……毫無歷史概念……」接著博弟突然咯咯笑起來，「寇帝斯那個老鬼，我的玫瑰天天都長得比他的美。」

然後蘿拉聽到她的名字。

「蘿拉……該讓她養隻狗……」

她聽糊塗了，狗？幹嘛養狗？

接下來，博弟似乎在跟管家說話：「……還有把那些噁心的甜食拿走，小孩愛吃，我看了卻覺得噁……」

是了，與博弟的奢華茶聚是她童年的大事。他費了好大周章去張羅：閃電泡芙、蛋白糖霜脆餅、馬卡龍……淚水湧入蘿拉眼中。

接著博弟突然張開眼看著她，認出她來，並對她說話了。博弟不疾不徐地說道：「你不該那麼做，小蘿拉。」他說：「你不該那麼做，那樣只會帶來麻煩。」

最後，博弟以極其自然的方式，在枕上微微偏過頭，去世了。

她的朋友……

她唯一的朋友。

蘿拉再度望著鏡中人，被眼前的景象嚇了一跳。是深紅的口紅勾勒出她的唇線嗎？那豐潤的嘴唇，一點都不矜持，蘿拉大方地注視自己。

她像跟自己辯論地揚聲說道：「我為什麼不該打扮得美些？就這麼一回？只為今晚？我知道嫌遲了，但我為什麼不能體會那種感覺？就算為了有個美好的回憶……」

❖

陸維林見面即問：「你怎麼了嗎？」

蘿拉回望陸維林，突然害羞起來，但她掩住情緒，恢復淡定，仔細端視陸維林。

她喜歡他的長相，他並不年輕，事實上，看起來比他的年紀還要老成（她從報上得知他的年齡），但他有種奇異的稚氣，讓她覺得十分可愛。他帶著急切、羞赧及充滿期待的表情，彷彿世上一切對他而言都是新的經驗。

「我沒怎麼樣呀。」她讓陸維林幫她脫下外套。

「可是一定有，你變得不同了……跟今早很不一樣！」

她淡淡答道：「不過就是上點妝、搽點口紅而已！」

他欣然同意。

「原來如此。沒錯，我原本覺得你的嘴唇比大部分女生蒼白，看起來有點修女的味道。」

「嗯……是吧，我想也是。」

「你現在看起來好漂亮，真的好美。你很漂亮，蘿拉，你不介意我這麼說吧？」

她搖搖頭，「不介意。」

她心中在吶喊：「再多說幾遍吧，這是我應得的。」

「我們就在我房中客廳用餐，我想你會比較喜歡這樣。你不會介意吧？」

他緊張地看著蘿拉。

「這樣安排很好。」

「希望晚餐也很完美，但恐怕無法如願，我現在才想到食物的事，希望你會喜歡。」

她對陸維林笑了笑，坐到桌邊，陸維林搖鈴請侍者上來。

蘿拉覺得宛如作夢。

因為這不是今早到基金會見她的那名男子，而是另一個人。一個更年輕、生澀、熱情、靦腆、急於取悅她的人。蘿拉突然覺得：「他二十歲時一定就是這個樣子，這是他錯失的青春，他想追回過去。」

蘿拉頓感悲愁無奈，這太不真實了，兩人像在合演一齣過去的戲，由年少的陸維林和年輕的蘿拉擔綱演出，這可笑亦復可悲的時空錯亂卻有著奇異的甜蜜。

兩人吃著並不出色的飯菜，卻均未多予留意。他們一起探索「柔情的領域」[23]，高聲談笑著，不在意自己說了些什麼。

等侍者終於離開後，蘿拉將咖啡放到桌上。

「你知道我的事，知道得很多，我卻對你一無所知，告訴我吧。」

陸維林對她訴說年少的自己、他的父母與成長背景。

「他們還健在嗎？」

「我父親十年前去世了，母親去年也走了。」

「他們……你母親……很以你為傲嗎？」

「我想我父親並不喜歡我的佈道方式，他討厭煽情的宗教活動，但他接受了，因為那是我唯一的方式。母親較能理解，她很以我的聲名為榮，做母親的都這樣，但她也很難過。」

「難過？」

「因為我錯失了很多普通人該有的東西，由於欠缺這些經驗，使我與他人格格不入，當然也難以與她親近了。」

「是的，我明白。」

蘿拉思忖著。陸維林繼續訴說自己的故事，蘿拉覺得相當精彩且完全超乎她的經驗。有些佈道手法頗令她反感，蘿拉表示：「實在太商業化了。」

「佈道手法嗎？噢，沒錯。」

她說：「我想了解，說真的，你覺得……你當時覺得，傳道真的很重要，很有意義嗎？」

「你是指對上帝嗎？」

蘿拉嚇了一跳。

「不，我不是指那個，我是指……對你。」

陸維林嘆口氣。

「這真的很難說明，我曾試圖跟理查解釋，我從未想過那麼做有沒有意義，只認為那是一件我非做不可的事。」

「假如你是對一片空蕩蕩的沙漠傳道，也會用同樣的方法嗎？」

「就我來說，是的，但演說應該就不會那麼精彩了。」他咧嘴一笑，「沒有觀眾，演員演不好戲，作者需要讀者，畫家需要展出畫作。」

「聽起來你似乎不在意成果，而我就是不明白這點。」

23 柔情的領域（Pays du Tendre）係十六世紀中葉多位法國學者所繪製的想像地圖，將當時愛情路徑的思想具象地呈現。

「我根本無從知道會有什麼成果。」

「但那些數據、統計、皈依者，全都可以排列成表，寫成白紙黑字呀。」

「是的，我知道，但那是機械的人為計算，我並不清楚上帝想要什麼成果。蘿拉，請你了解：假如在千萬名前來聽我佈道的人當中，上帝只要一個人，一個靈魂有所覺知的人，並選擇以那種佈道方式去接觸那個靈魂，這就夠了。」

「聽起來像是拿牛刀殺雞。」

「用人類的標準來看的確很像。人的問題就在於，我們總是把人類的價值標準或是否正義強加在上帝身上。我們並不明瞭、也無法明瞭，上帝究竟要人做什麼，只覺得上帝可能對我們有所期許，而我們還沒做到。」

蘿拉表示：「你呢？上帝現在要你做什麼？」

「噢……就當個普通人吧，設法餬口、娶老婆、成家、敦親睦鄰。」

「那樣你就滿足了嗎？」

「滿足？我還需冀求別的嗎？男人還應多要求什麼？我算是個失去十五年平凡生活的殘疾人士，關於這點，得靠你幫忙了，蘿拉。」

「我？」

「你知道我想娶你吧？你一定知道我愛你吧？」

蘿拉白著臉坐看陸維林，剛才夢幻般的盛宴結束了，此時他們又恢復本貌、回到當下，恢復兩人慣有的模樣。

蘿拉緩緩答道：「那是不可能的。」

陸維林不假思索地問：「是嗎？為什麼？」

「我不能嫁給你。」

「我會給你時間習慣。」

「時間也不能改變什麼。」

「你的意思是，你永遠不會愛上我？請恕我這麼說，蘿拉，我不認為那是真的，我認為你已對我有點動心了。」

情感如火焰般在她心中燃動。

「是的，我可能會喜歡上你，我確實很喜歡你……」

陸維林柔聲說：「太好了，蘿拉……最最親愛的蘿拉，我的蘿拉。」

她伸出手，彷彿想將他推開。

「但我不能嫁給你，我無法嫁給任何人。」

他緊瞅住她。

「你在想什麼？你有心事。」

「是的，我有心事。」

「你發過誓要終生行善？過獨身生活？」

「不，不是的，不是！」

「對不起，我只會講蠢話，請告訴我，親愛的。」

「好吧，我非告訴你不可，我本以為這件事應該永遠不對任何人說的。」

「或許吧，但你一定得告訴我。」

蘿拉站起來走到壁爐邊，她避開陸維林的眼神，開始沉靜地述說。

「雪莉的第一任丈夫在我家中過世。」

「我知道，她跟我提過。」

「那晚雪莉不在，家裡只剩我跟亨利，他每晚得服重劑量的安眠藥，雪莉出門時曾回頭對我喊說，她已餵亨利吃過藥了，但我已回到屋裡。當我十點鐘去看亨利時，他表示晚上的藥還沒吃，我便幫他拿藥。其實他已經吃過藥了，結果一睏便搞混了，以為還沒吃過，服用那種藥物的人常會有這種情形。結果，雙倍的藥量害他喪命。」

「你覺得自己有責任？」

「都是我害的。」

「就技術層面而言，是的。」

「不僅是技術層面而已，我知道他服過藥，雪莉對我喊時，我聽見了。」

「你知道雙倍的藥量會致死嗎？」

「我知道有可能。」

她又強調說：「我希望能致死。」

「我明白了。」陸維林的態度十分平靜，「他原本就治不好了，不是嗎？我是說，他注定要終身殘廢。」

「那不是安樂死，如果你要說的是這個的話。」

「後來呢？」

「我負起全責，卻沒人責怪我，問題變成了：是否有自殺的可能；也就是說，亨利是否故意告訴我他尚未服藥，以取得第二劑藥。由於亨利經常表示絕望、憤怒，因此藥丸一向擺在他拿不到的地方。」

「你對自殺一說有何反應？」

「我說我覺得不可能，亨利絕不會有輕生念頭，他會繼續活很多很多年，而雪莉則會隨侍一旁，忍受他的自私與壞脾氣，為他犧牲一輩子。我希望她快樂地好好生活。在發生這件事不久前，她認識了理查，兩人彼此相愛。」

「是的，她跟我說了。」

「在一般情況下，她可能會離開亨利，但亨利病了、殘了，樣樣得靠她，她無法拋下那樣的亨利。即使雪莉已不再愛他，但她仍會不棄不離，雪莉是我所知最忠貞的人。噢，你難道不明白嗎？我無法忍受她一生被浪擲、糟蹋，我才不在乎他們要怎麼處置我。」

「但實際上，他們並未對你做任何懲處。」

「是的。有時我真希望他們有。」

「你一定會那麼覺得，其實他們真的不能怎樣，即使你是蓄意的，即使醫生懷疑你想將他安樂死，甚至謀殺他，也會知道案子難以成立，他們也不會想讓案子成立。若有人懷疑是雪莉下的手，那又是另一回事了。」

「從沒有人那樣懷疑過，有個女僕聽見亨利對我說他還沒吃藥，請我把藥給他。」

「所以一切就都順理成章了，就這麼簡單。」他抬眼望著蘿拉，「你現在是何感覺？」

「我希望雪莉能自由地去……」

「別管雪莉，這是你和亨利的事。你對亨利是什麼感覺？那樣做最好嗎？」

「不是。」

「願主垂憐。」

「亨利並不想死，是我殺了他。」

「你後悔嗎？」

「如果你指的是，我會不會再做一遍，我會。」

「不後悔？」

「後悔？當然會後悔，我知道那是邪惡的事，我一直無法忘懷。」

「所以就跑來啟智兒童基金會行善，拚命把職責往身上攬？這是你自贖的方式嗎？」

「我只能這麼做。」

「有用嗎？」

「什麼意思？這樣做能幫很多人。」

「我指的不是別人。這樣做對你有幫助嗎？」

「我不知道……」

「這是你想要的處罰，是嗎？」

「我想，我是想做點補償。」

「補償誰？亨利嗎？但亨利已經死了，據我聽到的說法，亨利決計不會去關心智障兒。你必須面對現實，蘿拉，你補償不了的。」

她定定杵立片刻，像受到極大震懾。接著她仰起頭，紅著臉，挑釁地看著陸維林，他的心突然狂跳起來。

「沒錯，」她說，「或許我一直在逃避這件事，你讓我看清了自己的無能為力。我跟你說過，我不相信上帝，其實我是信的，真的。我知道自己的做法很陰毒，我相信自己將萬劫不復，除非我能痛悔，但我並不懊悔，我毫無遲疑地這麼做了，只希望雪莉享有幸福的機會、快樂地活著，而她真的很快樂。噢，我知道為期不長，僅有短短的三年。但她若能幸福滿足地過上三年，即使年紀輕輕便走了，也都值得。」

陸維林看著蘿拉，一股衝動湧上心頭。他好想閉嘴，對她封藏真相，讓她保留美好的幻想，因為那是她唯獨僅有的了。他愛蘿拉，怎忍心打擊她？她永遠不需要知道真相。

陸維林走到窗邊拉開窗簾，愣愣望著燃亮的街燈。

陸維林轉頭嘶啞地說：「蘿拉，你知道雪莉是怎麼死的嗎？」

「被車子壓過……」

「沒錯，但她怎會被車子壓過，這點你就不知道了。雪莉喝醉了。」

「喝醉？」她無法理解地重述道，「你是說……當時有派對嗎？」

「沒有派對，雪莉偷偷出門跑到鎮上，她偶爾會到鎮裡的咖啡館喝白蘭地，她不是經常那樣，通常只在家喝，用薰衣草水混古龍水，喝到昏倒為止，僕人都知道，只有理查不曉得。」

「雪莉……喝酒？但她從不喝酒的！不是那種喝法！為什麼？」

「因為她無法承受被過度呵護的日子，所以喝酒逃避。」

「我不相信。」

「是真的，她親口告訴我的。亨利死後，她就像迷了途的人，像個迷失、困惑的孩子。」

「可是她愛理查，理查也愛她。」

「理查的確很愛她，但她是否愛過理查？雪莉其實是一時情迷，後來又因悲傷及承受長期照顧殘疾的壓力，而意志不堅地嫁給理查了。」

「而且她並不快樂……我還是無法相信。」

「你對你妹妹了解多少？一個人在不同人的眼裡會是一樣的嗎？在你眼裡，雪莉一直是當年那個從火窟中救出來、脆弱無助的嬰孩，總是需要愛與保護。但我對她的看法截然不同，雖然我也有可能跟你一樣是錯的。我覺得雪莉是位勇敢、俠氣、敢於冒險的女性，能承受打擊，屹立堅持，她需要砥礪才能喚起所有鬥志。她雖然疲累憔悴，卻贏得自己的戰役，在自己選擇的人生中燃燒發亮。她將亨利從黑暗引向光輝，亨利去世的那晚，她是志得意滿的。她愛亨利，亨利才是她所要的，她的生活雖然辛苦，卻充滿熱情與價值。

「後來亨利死了，她被層層的藥棉與纏布包覆住，受到極大的關愛，她雖掙扎，卻無法掙脫束縛。於是雪莉開始藉助酒精，酒能淡化現實，女人一旦染上酒癮，便很難戒了。」

「她從沒告訴我說她不快樂，從來沒有。」

「她不希望你知道。」

「竟然是我害的……是我？」

「是的，可憐的孩子。」

「博弟老早就知道了，」蘿拉緩緩說，「難怪他會說：『你不該那樣做的，小蘿拉。』博弟很早很早以前就警告過我，要我別干預。我為什麼會那麼自以為是？」接著她突然轉身面對陸維林，「她該不會是……故意自殺的吧？」

「這是個沒有結論的問題，是有可能。雪莉直接從人行道走到卡車前面，理查內心深處相信她是自殺的。」

「不，噢，不！」

「但我不這麼認為，雪莉沒那麼脆弱，她雖然經常感到絕望，但我不相信她會真的放棄自己。雪莉是鬥士，我覺得她會繼續奮戰下去，只是酒癮很難說戒就戒，偶爾難免故態復萌。我認為她是在無意識或不清楚去向的狀態下走下人行道的。」

蘿拉頹坐在沙發上。

「我該怎麼辦？噢，我該怎麼辦？」

陸維林走過來攬住她說：「你會嫁給我，重新出發。」

「不，不會的，我絕不會嫁給你。」

「為什麼？你需要愛。」

「你不懂，我得為自己的罪付出代價，每個人都必須如此。」

「你太執著了。」

蘿拉重申道：「每個人都必須那麼做。」

「是的，我同意你的說法，可是，難道你不明白嗎，我親愛的孩子……」陸維林遲疑著要不要把最痛苦的事實告訴她，「因為有人已經為你所做的付出代價了，雪莉已經為此付出代價了。」

她驚懼地望著陸維林。

「雪莉為我的罪行……付出代價？」

他點點頭。

「是的，你只能接受事實。雪莉付出代價，已經走了，你欠的債已一筆勾消。你得往前看，蘿拉，你不必忘記過去，但不能被回憶牽絆，漠視當下。你必須擁抱快樂，而非懲罰。是的，親愛的，接納幸福吧，別只一味地付出，要學著接受。上帝對每個人都有奇特的安排，我相信祂要賜給你幸福與愛，你就虛心地承受吧。」

「我沒辦法，我做不到！」

「你非做到不可。」

陸維林將她拉起來。

「我愛你，蘿拉，你也愛我……雖然不若我愛你深，但你的確愛我。」

「是的，我愛你。」

他吻著她，綿長而渴望。

兩人分開時，蘿拉顫聲輕笑：「真希望博弟知道，他一定會很開心！」

她挪開身子，腳下一軟，險些跌倒。

陸維林扶住她。

「小心，有沒有受傷？差點撞到大理石的壁爐架了。」

「亂講。」

「是啊，是誇大了些，但你可是我的寶貝……」

她對陸維林一笑，感覺他的愛與擔憂。

他好疼愛她，這是她童年時所渴求的。

蘿拉不自覺地垂下肩頭，突然間彷彿有個輕輕的包袱放上了她的肩頭。

蘿拉有生以來，第一次體會到何謂愛的重量……

特別收錄

瑪麗・魏斯麥珂特的祕密

露莎琳・希克斯（Rosalind Hicks, 1919-2004）

早在一九三〇年，家母便以「瑪麗・魏斯麥珂特」（Mary Westmacott）之名發表了第一本小說，這六部作品（編註：中文版合稱為【心之罪】系列）。與「謀殺天后」阿嘉莎・克莉絲蒂的風格截然不同。

「瑪麗・魏斯麥珂特」是個別出心裁的筆名，「瑪麗」是阿嘉莎的第二個名字，魏斯麥珂特則是某位遠親的名字。母親成功隱匿「瑪麗・魏斯麥珂特」的真實身分達十五年，小說口碑不錯，令她頗為開心。

《撒旦的情歌》於一九三〇年出版，是【心之罪】系列原著小說中最早出版的，寫的是男主角弗農・戴爾的童年、家庭、兩名所愛的女子和他對音樂的執著。家母對音樂頗多涉獵，年輕時在巴黎曾受過歌唱及鋼琴演奏訓練。她對現代音樂極感興趣，想表達歌者及作曲家的感受與志向，其中有許多取自她童年及一戰的親身經歷。

Collins 出版公司對當時已在偵探小說界闖出名號的母親改變寫作一事，反應十分淡漠。其實他們大可不用擔心，因為母親在一九三〇年同時出版了《謎樣的鬼豔先生》及瑪波探案系列首部作品《牧師公館謀殺案》。接下來十年，又陸續出版了十六部神探白羅的長篇小說，包括《東方快車謀殺案》、《ＡＢＣ謀殺案》、《尼羅河謀殺案》和《死亡約會》。

第二本以「瑪麗．魏斯麥珂特」筆名發表的作品《未完成的肖像》於一九三四年出版，內容亦取自許多親身經歷及童年記憶。一九四四年，母親出版了《幸福假面》，她在自傳中提到：

「……我寫了一本令自己完全滿意的書，那是一本新的瑪麗．魏斯麥珂特作品，一本我一直想寫、在腦中構思清楚的作品。一個女子對自己的形象與認知有確切想法，可惜她的認知完全錯位。讀者讀到她的行為、感受和想法，她在書中不斷面對自己，卻自識不明，徒增不安。當她生平首次獨處——徹底獨處——約四、五天時，才終於看清了自己。

「這本書我寫了整整三天……一氣呵成……我從未如此拚命過……我一個字都不想改，雖然我並不清楚書到底如何，但它卻字字誠懇，無一虛言，這是身為作者的至樂。」

我認為《幸福假面》融合了偵探小說家阿嘉莎・克莉絲蒂的各項天賦，其結構完善，令人愛不釋卷。讀者從獨處沙漠的女子心中，清晰地看到她所有家人，不啻一大成就。

家母於一九四八年出版了《玫瑰與紫杉》，是她跟我都極其喜愛、一部優美而令人回味再三的作品。奇怪的是，Collins 出版公司並不喜歡，一如他們對瑪麗・魏斯麥珂特所有作品一樣的不捧場。家母把作品交給 Heinemann 出版，並由他們出版她最後兩部作品：《母親的女兒》（一九五二）及《愛的重量》（一九五六）。

瑪麗・魏斯麥珂特的作品被視為浪漫小說，我不認為這種看法公允。它們並非一般認知的「愛情故事」，亦無喜劇收場，我覺得這些作品闡述的是某些破壞力最強、最激烈的愛的形式。

《撒旦的情歌》及《未完成的肖像》寫的是母親對孩子霸占式的愛，或孩子對母親的獨占。《母親的女兒》則是寡母與成年女兒間的爭鬥。《愛的重量》寫的是一個女孩對妹妹的痴守及由恨轉愛——而故事中的「重量」，即指一個人對另一人的愛所造成的負擔。

瑪麗・魏斯麥珂特雖不若阿嘉莎・克莉絲蒂享有盛名，但這批作品仍受到一定程度的認可，看到讀者喜歡，母親很是開心，也圓了她撰寫不同風格作品的宿願。

（柯清心譯）

——本文作者為阿嘉莎・克莉絲蒂獨生女。原文發表於 *Centenary Celebration Magazine*。

國家圖書館出版品預行編目資料

愛的重量／阿嘉莎 · 克莉絲蒂（Agatha Christie）
著；柯清心譯 . -- 初版 . -- 臺北市：遠流 , 2012.10
面；　公分 . --（心之罪）
譯自：The burden

ISBN 978-957-32-7052-2（平裝）

873.57　　　101016780

心之罪 ②

愛的重量

作者 / 阿嘉莎 · 克莉絲蒂　譯者 / 柯清心

主編 / 賴佩茹　副主編 / 陳懿文
編輯 / 余素維　特約編輯 / 楊憶暉
封面、內頁設計 / 邱銳致　企劃經理 / 金多誠
出版一部總編輯暨總監 / 王明雪

發行人 / 王榮文
出版發行 / 遠流出版事業股份有限公司　地址 / 台北市南昌路2段81號6樓
電話：(02)2392-6899　傳眞：(02)2392-6658　郵撥：0189456-1
著作權顧問 / 蕭雄淋律師　法律顧問 / 董安丹律師
2012年10月1日初版一刷

行政院新聞局局版台業字第1295號
定價 / 新台幣280元（如有缺頁或破損，請寄回更換）

ISBN 978-957-32-7052-2

遠流博識網 http://www.ylib.com　E-mail: ylib@ylib.com
遠流謀殺天后 AC 粉絲團　http://www.facebook.com/ylib.AC2010